LO QUE NO ESTÁ ESCRITO

colección andanzas

RAFAEL REIG
LO QUE NO ESTÁ ESCRITO

1.ª edición: septiembre de 2012

© Rafael Reig 2012

Diseño de la colección: Guillemot-Navares
Reservados todos los derechos de esta edición para
Tusquets Editores, S.A. - Cesare Cantù, 8 - 08023 Barcelona
www.tusquetseditores.com
ISBN: 978-84-8383-428-2
Depósito legal: B. 22.336-2012
Fotocomposición: Fotocomposición 2000, S.A.
Impresión: Reinbook Impres, S. L.
Encuadernación: Reinbook
Impreso en España

Queda rigurosamente prohibida cualquier forma de reproducción, distribución, comunicación pública o transformación total o parcial de esta obra sin el permiso escrito de los titulares de los derechos de explotación.

Para Anusca. Para Violeta. Para los QSQ

Wer reitet so spät durch Nacht und Wind?
Es ist der Vater mit seinem Kind.

¿Quién cabalga tan tarde a través de la noche y el viento?
Es el padre con su hijo.

J.W. Goethe, *Der Erlkönig*

Estaba esperando a que Carlos viniera a por el chico para irse al trabajo. Siete años después, las aguas habían vuelto a su cauce y Carmen ya ni recordaba cómo habían llegado tan lejos, hasta la demanda de divorcio, las medidas provisionales y la prohibición de que el padre viera a solas a su hijo. Se le había ido de las manos, se había dejado llevar por la abogada, pero había sabido rectificar. Al final, con el tiempo, habían reconstruido una relación nueva basada en lo único que tenían en común: para los dos lo más importante era el bienestar de Jorge. Carlos siempre sería el padre de su hijo. Puede que hubiera sido el peor de los maridos, pero ahora hasta ella misma reconocía que era un buen padre. No había más que ver a Jorge. Durante la última media hora había ido cuatro veces a hacer pis.

—¿Nervioso?

—¿Yo? Pero qué dices. Es que he bebido demasiado zumo.

Ese viernes no había instituto y su padre se lo llevaba los tres días de acampada, hasta el domingo por la tarde.

—¿De qué tienes miedo? ¿De los lobos?

—Muy graciosa. Es que me parto. Ja, ja y ja. En el Guadarrama no hay lobos, para que lo sepas.

—Siempre hay un lobo —dijo Carmen cuando sonó el telefonillo—. Ese es tu padre, ábrele la puerta.

Al verlos a los dos juntos, se sintió orgullosa. Lo habían hecho bien, las cosas como son. Al principio había sido difícil y el niño sufrió mucho. Sólo tenía siete años. Intentó suicidarse. O quizá sólo estaba pidiendo auxilio, como afirmaba la doctora Cuétara, pero lo hizo sentado en el alféizar de la ventana del salón, con los pies hacia el lado de fuera, desde un quinto piso. Tuvo que visitar a la psicóloga durante quince meses, en la clínica del doctor León. Y había que verle ahora en cambio, un chico alegre de catorce años, casi tan alto como su padre, y feliz, aunque con tendencia a engordar. Lo habían hecho bien, muy bien, por qué no iba a decirlo y a sentirse orgullosa.

—Un momento, se me han olvidado las pilas de repuesto —recordó de pronto.

—Date prisa, mamá, que perdemos el tren.

Volvió de la cocina con las pilas para la linterna y salió al descansillo a despedirlos, dejando la puerta abierta.

—No nos llames —advirtió Carlos—. Estaremos fuera de cobertura. Ya te iremos llamando cuando podamos.

—¿Y Yolanda? ¿No va con vosotros? —preguntó Carmen.

—Tiene trabajo, no creo que pueda —explicó Carlos.

—Vamos los dos solos —declaró el chico con satisfacción mal disimulada.

Yolanda era la nueva pareja de Carlos. O no tan nueva, porque era su antigua novia, una alumna a la que abandonó cuando conoció a Carmen, igual que dejó el colegio en Los Molinos y empezó a trabajar en el museo.

Carmen sólo la había visto un par de veces, hacía tiempo, y le daba cien patadas: era demasiado joven, casi llamativa, una pazguata. Pero era su vida y Carlos tenía derecho a vivirla como le pareciera. Además, a Jorge se le veía muy contento. Esa mujer era de un pueblo de la sierra y su familia tenía una cabaña en mitad del monte, un antiguo refugio de guarda forestal. Jorge y Carlos iban a acampar una noche en la montaña y luego irían a aquel refugio.

—Ten cuidado con el lobo feroz.

—¿Qué lobo? —preguntó Carlos.

—Es que mamá se cree muy graciosa.

—Cuida a mi hijo, Carlos —no pudo evitar decírselo.

Le dio un beso a Jorge y los vio descender juntos, el padre y el hijo, encerrados en la caja acristalada del ascensor.

Vistos desde arriba las cabezas parecían dos piedras de río lanzadas hacia el fondo de un pozo, cada uno con su mochila a la espalda.

Ninguno de ellos alzó la vista hacia Carmen. Su hijo comprobaba el cinturón de herramientas, del que colgaban una linterna, una cantimplora, una navaja suiza, una brújula y una soga de cinco metros enrollada.

La puerta de la casa comenzó a cerrarse, debía de haberse dejado alguna ventana abierta. Tuvo que correr para no quedarse encerrada fuera, sin llaves ni móvil, y sin los papeles que necesitaba. Era una enorme puerta blindada que pesaba como un muerto y le golpeó en el codo, pero consiguió entrar.

Entonces fue cuando vio el manuscrito encima de la silla del recibidor. Carlos debía de haberlo dejado allí mientras ella iba a por las pilas. Estaba encuadernado en canutillo y serían poco más de doscientas páginas. Entre la primera y el plástico de la cubierta había una hoja suelta con una nota escrita a mano: «No es ningún compromiso, ya tengo editor (Cosmos). Sólo quiero que tú lo leas. Carlos».

Así que por fin lo había logrado, había escrito la novela de la que siempre hablaba, la que tal vez les había costado a los dos su matrimonio y la que tal vez lograría redimir la vida de Carlos.

Antes de meter el manuscrito en la cartera, sólo tuvo tiempo de mirar un par de páginas al azar y el título: *Sobre la mujer muerta*.

Acabáramos: otra policiaca. El problema con las policiacas era ya mucho peor que la falta de originalidad: cada vez se vendían menos. Si alguien lo sabía era Carmen, que era subdirectora comercial del grupo Osiris, con ocho sellos editoriales, desde infantil a ensayo, pasando por dos de novela y uno de poesía, Galatea, donde había conseguido que se publicara en 2002 *La luz azulada*, la obra poética de Carlos Mendoza, entonces su marido. Se vendieron 57 ejemplares. Al fin y al cabo era un libro de poemas y la poesía no se vende, pero da prestigio. Lo peor fue que, aunque se enviaron 110 ejemplares a «prensa y personalidades», sólo apareció una minúscula reseña en un periódico de provincias. Nadie se dio por enterado. Ante un fracaso tan rotundo, se preguntó si la nota de Carlos sería menos amable que rencorosa. Tal vez sólo quería decirle: esta vez no te pido nada, ya me las arreglo por mi cuenta, muchas gracias.

Por la mañana tuvo dos reuniones seguidas y a las dos y media tenía una comida con el jefe de compras de una cadena de supermercados, el poderoso señor Ortigosa. Fueron en el coche de su jefe, el director comercial, Miguel Caturla, con quien Carmen mantenía una relación intermitente que a ambos les parecía muy europea, casi escandinava: higiene sexual sin complicaciones sentimentales; expectativas limitadas y explícitas, cero exigencias; puro nervio, sin gota de grasa.

Así lo veían ellos y así se lo decían el uno al otro.

El día era otoñal, parecía que aún estuvieran en septiembre. Miguel iba de traje gris. Carmen llevaba una blusa de manga corta y un traje sastre de un azul tenue y dubitativo. Dobló la chaqueta con el forro hacia fuera y la dejó en el asiento de atrás. El bolso lo apretaba sobre los muslos, como si quisiera protegerlo o protegerse.

—¿Qué te ha pasado?

—Ah, eso. No es nada. Me di contra una puerta —respondió Carmen contemplando el moratón que le había salido en el antebrazo, casi a la altura del codo.

—Ya. Claro. Contra una puerta, ¿verdad? ¿No es eso lo que siempre dicen las mujeres maltratadas? —bromeó Miguel.

Al salir del coche hacía frío, estaba cambiando el tiempo y volvía a ser noviembre.

Tuvieron que esperar al poderoso señor Ortigosa durante quince minutos. Y total ¿para qué? Sólo quería más descuento, un diez por ciento más. Y tuvieron que dárselo, a pesar de que Carmen dudaba que valiera la pena: el margen en el libro de bolsillo ya era estrecho y ella no creía que el volumen de ventas de Ortigosa compensara el descuento.

—¿Nos tomamos el resto de la tarde libre? —propuso Miguel Caturla.

—Sí, pero por separado.

—De acuerdo. Te llamo el fin de semana.

Así era su relación escandinava, parecida a la visión más favorable que cada uno tenía de sí mismo.

Se despidieron en la puerta de la editorial. En su despacho, Carmen ordenó su mesa y le echó un vistazo al manuscrito. Tenía una dedicatoria: «Para C.M., *in memóriam*».

Había que ser cabrón. C.M. era ella, por supuesto: Carmen Maldonado. *In memóriam*, como si estuviera muerta. Pero qué cabrón. ¿Qué había querido decir? ¿Que para él era como si ella ya estuviese muerta? Y el título ¿qué significaba entonces? ¿Acaso era ella la mujer muerta? ¿No sería una amenaza? ¿Una venganza, tantos años después?

Sobre la mujer muerta. Podía entenderse en dos sentidos: acerca de una mujer muerta o por encima de ella, sobre el cadáver de una mujer. ¿Por encima de su cadáver? Qué pedazo de cabrón. Lo acababa de recordar, cuando apretó el interruptor para apagar la luz de su despacho. Eso era lo que ella le había respondido cuando Carlos le pidió que le dejara ver más a menudo a Jorge. «Por encima de mi cadáver, ¿me oyes? ¡Por encima de mi cadáver!»

Hacia el norte, entre los picos de la sierra, se levantaban nubes grises. El viento era frío.

Había metido en la cartera los datos para el informe trimestral, pero ya sabía que no iba a terminar el trabajo. Tenía que leer la maldita novela de Carlos. Cuanto antes. «Quiero que tú la leas», había escrito él. Tú. ¿Por qué ella?

Comenzó un jueves, en noviembre, de madrugada, quizá sería mejor decir que ya era viernes. Antonio Riquelme acababa de salir del Wurlitzer Ballroom, calle Tres Cruces, con dos móviles y tres carteras encima. Una generación se va y otra generación viene, pero la tierra siempre permanece y, en ella, lo que sobra son esas tías atolondradas que se ponen a bailar dejando el bolso en el asiento.

Calle de la Salud abajo hizo recuento y resultó que las pazguatas iban cargadas hasta las pestañas: quinientos euros más lo suelto.

A pesar de que había tenido tanta suerte esa noche (o quizá precisamente por eso), Toni comprendió que acababa de tocar fondo.

Él tenía ambiciones, no podía seguir así.

Se guardó el dinero, tiró las carteras a un contenedor de envases de vidrio y se fue a buscar a la china de la calle Jardines. Dos veces le había ofrecido un hierro en perfecto estado, pero hasta ahora Riquelme no se había decidido.

La encontró cuando ella salía de vender claveles en El Sol. Le preguntó si seguía teniéndolo y la tía respondió: quinientos, con doce balas. Cuatro, ofreció Riquelme. Y la china que no, que quinientos, repetía, la muy cabezota. Al final se pusieron de acuerdo en cuatro cincuenta y quedaron en encontrarse más tarde, hacia las cinco y media, en el Palmeras, en la calle Ballesta.

Así empezó todo, cuando Toni Riquelme por fin se decidió a comprar una pistola, aquel fue el lugar de donde parten varios caminos en distintas direcciones, la encrucijada o situación difícil en la que no se sabe qué conducta seguir.

Hizo tiempo en el Texas, bebió unos cuantos coñacs, terminó un crucigrama y tuvo que dejar otro a medias, atascado en el nueve vertical, porque a ver quién narices ostentaba la máxima dignidad entre los sacerdotes sumerios. A las cinco en punto estaba en un taburete de la barra del Palmeras. A sus treinta años aún seguía esperando una oportunidad, necesitaba hacer algo imponente, grandioso, que causara mucha impresión por su belleza o su significado.

Riquelme no llegaba al metro setenta, pero era fuerte, tenía una llamativa cicatriz en la mejilla izquierda y sabía olvidar la compasión cuando era necesario. Sin embargo, cada vez había ido volando más bajo, a ras de suelo, hasta acabar así, robando bolsos al descuido para pagar la habitación en el hostal Enterría.

No sentía ninguna atracción por el sistema bancario, había demasiadas alarmas, apertura retardada de puertas y cámaras de seguridad. Los alunizajes y los domicilios no valían la pena, luego no te daban nada por las joyas. En cambio el dinero siempre valía lo mismo y nadie preguntaba nunca de dónde lo habías sacado.

Sin saludar, la china se metió con la mochila en los lavabos, al fondo a la izquierda, y cuando Riquelme entró, apenas cabían los dos. Cuatro cincuenta, dijo la china. Primero quiero verlo, respondió Toni.

Estaba envuelta en un trapo de cocina, era una SIG-Sauer P226, 9 mm Parabellum, con cargador de doce balas, el arma reglamentaria que utiliza el Grupo Especial de Operaciones de la policía. Se lo dijo, pero la china se hizo la tonta: no policía, no policía, arma limpia, limpia-limpia. Lo que tú digas, china. Cuatro cincuenta era lo único que ella decía. Le dio la pasta y, antes de que tuviera tiempo de guardarla, le puso el puño cerrado a poca distancia de los ojos: mira, china, si no funciona bien o si falla una sola bala, una sola, te hago una cara nueva, puta china, ¿lo has entendido? Dijo que sí la china y añadió: si necesitas más balas, tú avisas mí.

Y así fue como Riquelme tuvo que volver al barrio, con una pistola y la necesidad de hacer algo grandioso, capaz de provocar admiración o espanto.

La china se fue con el dinero y, en cuanto se quedó solo, cerró la puerta y empuñó el arma.

Qué sensación de poder, estaba empalmado, se le había puesto más dura que el cañón de la pistola.

La situación con Trini se había vuelto tan complicada que barajó, sopesó o consideró la posibilidad de hacerse una paja y asunto concluido. Que se la hiciera Trini le costaría treinta pavos que no tenía, sin contar la humillación, que había llegado a necesitar, como si fuera otra forma de lealtad, una expresión de amor desfigurada para pasar inadvertida, igual que un agente secreto que va de incógnito. Así lo veía Riquelme: si Trini le mostraba tanto desprecio tenía que ser porque le quería. Era un amor irremediable y difícil, entre criaturas indefensas, como caballos con una pata rota.

Por si lo olvidaba, la cicatriz en la mejilla siempre le recordaría hasta dónde podía llegar el cariño de Trini cuando lo expresaba mediante el filo de sus uñas pintadas con esmalte rojo pasión.

Mientras dudaba entre la paja en el cuarto de baño, con la pistola en la otra mano, y los enrevesados sentimientos de Trini, Riquelme se dio cuenta de que ya estaba demasiado borracho para cualquiera de las dos opciones. Y además tenía que probar el arma.

Con uno de los móviles de las pazguatas llamó al Letrado y consiguió una cita. Luego llamó a Almond y le dejó un mensaje: si estás preparado para algo importante, llama a este número o búscame, soy Riquelme.

No estaba seguro de cuánta batería le quedaba al móvil, pero Almond sabía dónde encontrarle.

Llegó en taxi hasta el cementerio y caminó hacia un desmonte en el que no había un alma. Hizo dos disparos. Todo iba bien. Guardó el arma descargada en el bolsillo interior de la cazadora y las diez balas en el de fuera y echó a andar hacia la avenida.

Aún no había amanecido y el sol, en lugar de venir del este, como de costumbre, por la carretera de Valencia, rezumaba del pavimento como agua sucia, volcada de un cubo de fregar. Saludó al Dragón monumental y cruzó Marqués de Corbera hacia el bar Vicencio, dejando a su espalda el cementerio.

Ese barrio, su barrio, había crecido así, a partir de las tumbas, con bloques de viviendas que habían ido apareciendo como el musgo sobre las lápidas. Allí había enterrados cinco millones de cadáveres: más que vivos en el resto de la ciudad. Cuando soplaba viento de levante, La Elipa se impregnaba de un olor dulzón, casi farmacéutico, y la luz se debilitaba, tamizada, cernida, como si la hubiera cribado aquel inmenso cedazo de cuerpos taladrados por los gusanos.

El bar acababa de abrir. Con las sillas patas arriba sobre las mesas y recién fregado, el Vicencio parecía un barco que hubiera dado una vuelta de campana. Apestaba a amoníaco. La rubia que alineaba en la barra los platitos de café, cada uno con su cucharilla y su sobre de azúcar, le dirigió una sonrisa ansiosa y cauta, y se llevó la mano al flequillo.

Era una de esas bellezas despampanantes y poco duraderas que se dan cerca de los polígonos industriales como setas después de la lluvia. Riquelme las conocía de sobra: a los trece llevaban braguitas con corazones estampados, a los quince se ponían tangas de trapecistas de circo, a los veinte bragas negras o rojas, todavía minúsculas, aunque ya no les parecía indispensable lavarlas a diario, porque había empezado la cuenta atrás, hacia el abismo de los pantis, las fajas y los corsés de ballenas.

Eran como moscas: la vida verdadera estaba ahí mismo, al alcance de la mano, y ellas, ilusionadas, sonrientes, pintadas como puertas, emprendían el vuelo sólo para golpearse una y otra vez contra el cristal invisible.

Pidió café y anís La Castellana con hielo. La rubia ensanchó su sonrisa, casi calculadora, como si aquel tipo con una cicatriz en la mejilla fuera la única ventana sin cristal, la que daba a la calle, a la vida verdadera.

Apuró el anís con un golpe de muñeca. La rubia estaba poniendo las sillas en el suelo y a él le pareció que movía más de lo necesario el culo. Quizá fuera un poco coja, quizá estuviera pidiendo guerra.

Pon otra copa, tú, dijo y, cuando ella pasó a su lado, le rozó la nalga derecha con la mano.

Quieto, parado, dijo la rubia: no te confundas.

Menos humos, niña, y pon la copa de una puta vez, ordenó Riquelme.

Entonces sonó el móvil. ¿Sí? Buenos días. Era una voz de mujer, que dijo: estoy llamando a mi propio número porque anoche perdí el teléfono, quizá alguien lo haya encontrado.

¿Perdido? Te lo han robado, pazguata, pensó Riquelme, pero respondió: en efecto. Le encantaba utilizar esa expresión. En efecto, repitió, lo encontré tirado en la calle. Oh, gracias a Dios, dijo ella: no sabe cuánto se lo agradezco.

Su voz sonaba a dinero, a buenos modales, a joyas de familia. Allí, en el Vicencio, al costado del cementerio, aquel metal de voz, aquella amabilidad, le parecían a Riquelme como si, a través de una rendija abierta en las paredes del infierno, llegaran las alegres risas de los bienaventurados: un consuelo para tantos tormentos, sin duda, aunque sólo consiguieran multiplicar el llanto y el crujir de dientes.

Tuvo que improvisar: tengo una agenda complicada hoy, dijo, pero en efecto podría entregárselo esta misma tarde.

¡Fenómeno!, dijo ella.

¿Fenómeno? A Riquelme le costaba imaginar qué clase de vida era necesario haber vivido para acabar diciendo ¡fenómeno! con entusiasmo y naturalidad.

Quedaron en el Café Hispano a las siete y media.

En cuanto colgó la pazguata, que se había presentado como Beatriz Pancorbo, sonó el otro móvil. Era Almond, estaba disponible y le esperaría en el Santos a las diez.

Sin saber por qué lo hacía, buscó en el móvil el número desde el que le había llamado Beatriz. Era de un teléfono fijo. Lo apuntó en una servilleta.

Cóbrate, tú, ordenó, y salió a la calle sin recoger las vueltas, con la cabeza muy alta, sin mirar a la rubia, porque había bastado aquella voz para disiparla o deshacerla en el aire como un jirón de niebla o una voluta de humo.

El amanecer ya había conseguido encharcar los alcorques de las acacias y salpicaba la acera. Desde el suelo, la claridad iba ascendiendo por el tronco de los árboles y la fachada de aquellos edificios de ladrillo rojo y toldos verdes, las viviendas de protección oficial de los años setenta.

Era una luz recién desenterrada, una luz lenta y malva, llena de grumos, de impurezas, de fragmentos de carne y de ceniza, un resplandor filtrado por los mármoles y el granito, entre las grietas de las sepulturas, una arpillera que cubría los ojos siempre abiertos del Dragón de Barrio Sésamo, el único monumento público de La Elipa, un muñeco que rinde homenaje al monstruo benévolo de unos dibujos animados.

El 1 horizontal. De cinco letras. Estado afectivo del que ve ante sí un peligro.

Miedo. Todavía lo sentía. Con casi quince años, Jorge ya había perdido la esperanza, pero aún conservaba el miedo. Su padre no iba a cambiar, eso no tenía arreglo; y en su presencia, Jorge se sentía atemorizado, con el alma en vilo, a eso tampoco le veía solución.

Cuanto más decidido estaba su padre a que fueran felices, más miedo le daba. Cuanto más dispuesto venía papá más en peligro se sentía Jorge. No iba a estar a la altura. Antes o después acabaría estropeándolo. Y nunca sabría qué era lo que había hecho mal o lo que había dejado de hacer. Era como si caminara sobre una lámina de hielo, en cualquier momento podía perder pie y sumergirse de golpe en la cólera fría de su padre. Otra vez lo habría echado a perder y siempre sería culpa suya. Por mucho que papá se esforzara, él siempre iba a decepcionarle, el hielo se resquebrajaría bajo sus pies.

Tenía miedo de acabar pisando un cepo oculto bajo la hojarasca.

A veces le daban escalofríos, cuando pensaba lo que no podía pensar: que era su propio padre el que había ido escondiendo esas trampas, que las había armado la noche anterior, en la oscuridad, sólo para que su hijo diera un paso en falso a la mañana siguiente.

La cantimplora, la linterna y la soga le golpeaban en

las caderas. Iban caminando a buen paso hacia la estación de Cercanías de Nuevos Ministerios y, en los semáforos en rojo, su padre le pasaba un brazo por los hombros, le preguntaba por las clases, cuál era su música preferida o si ya tenía novia. Jorge se esforzaba por mostrar entusiasmo, pero no podía contener una locuacidad nerviosa y casi tartamudeaba. Por lo demás, las clases iban muy bien, sacaba en todo por encima de notable; la música que prefería eran los cuartetos de cuerda; y el contacto más íntimo con la chica que le gustaba, Teresa, había sido al recibir un salivazo suyo en la mejilla. Antes de escupirle, Tere le había llamado baboso. Cerdo baboso, para ser exactos. Así que le contó a su padre que en las clases exigían mucho, que le encantaba Shakira y que no tenía novia, pero le gustaba una chica que se llamaba María Luisa.

Para el resto de la ciudad era un día laborable y se cruzaban con hombres de corbata y maletín y mujeres con tacones, y todos apretaban las mandíbulas para aumentar la velocidad.

Cogerían el tren de las 9:05 y llegarían a la estación de Cercedilla a las 10:20.

Debía de seguir nervioso, porque en el andén se dio cuenta de que volvía a tener ganas de hacer pis.

—No nos toca de dos pisos, pero da lo mismo, ¿verdad? —dijo su padre cuando vio llegar el tren.

Sabía que a Jorge le gustaba más ir en el piso de arriba.

—Da igual —respondió con fingido optimismo, para no contrariar a su padre.

No era igual ni daba lo mismo. Los Cercanías de un solo piso no tenían servicio.

Aunque el vagón estaba bastante lleno, encontraron dos asientos frente a una pareja de jóvenes que iban los dos en chándal y compartían auriculares. Escuchaban música con los ojos cerrados y las rodillas en movimiento. Jorge pensó que debía de ser Shakira.

El padre y el hijo iban sentados en el sentido contrario a la marcha. Sin previo aviso, Jorge recibió una sonora palmada en el muslo.

—Empieza la aventura —Carlos utilizó un énfasis de presentador de concurso de la tele.

Con el sobresalto, a Jorge casi se le escapa el pis.

El tren aceleró por el túnel, hacia la oscuridad profunda a la que el padre y el hijo daban la espalda y a la que cerraba los ojos la pareja, cogidos de la mano, al compás de una música que sólo ellos compartían.

Pararon en Chamartín, ya a cielo abierto. Subió un guardia de seguridad con pistola a la cintura, recorrió el vagón y se quedó apoyado junto a la puerta. Su padre también tenía una pistola, Jorge la había visto.

En la siguiente estación, Ramón y Cajal, el guardia se bajó del tren.

Jorge comenzó a darse cuenta de que iba a ser incapaz de aguantar más de una hora sin ir al baño.

—Papá.

—Dime, campeón.

—Tengo que ir al baño.

—Mira a ver si hay servicio en este tren.

No tenía sentido: los dos sabían que no había lavabo. Aun así, Jorge se levantó y recorrió el vagón de punta a punta, apretando las rodillas una contra otra al andar.

—No hay baño —informó a su padre y se quedó de pie, un poco agachado, como si hubiera recibido un puñetazo en el estómago.

—No pasa nada, ¿verdad? Aguanta un poco, que enseguida llegamos.

—Lo voy a intentar —dijo sin el más mínimo convencimiento.

—¿Por qué no has ido al baño antes de salir de casa? —Su padre había cambiado de tono de voz, como cambia el color de las nubes para anunciar una tormenta.

—He ido.

—¿Pues entonces? Hay que aprender a aguantar. Como un hombre

Jorge cruzó las piernas. Sentía dolor y miraba un paisaje impávido que no parecía compadecerse de él: pinos detrás de una alambrada, cervatillos a la carrera, el oleaje lento de los cerros contra el horizonte, esas ramas que arañaban una nube. Ya sabía que no iba a poder aguantar cuando anunciaron la próxima parada.

—Papá, no puedo. Te lo juro. Tengo que bajar.

—Ni se te ocurra. Pórtate como un hombre y aguanta. Ya no queda tanto.

—Me lo voy a hacer encima, papá.

—¿Como los niños pequeños? No me digas que no sabes aguantarte. —el padre iba pasando del fastidio a la furia.

Jorge se levantó y comenzó a pasear nervioso a lo largo del vagón. ¿Sería capaz su padre de dejar que se hiciera pis encima? Él creía que sí, estaba seguro de que no movería un dedo y luego le miraría con severidad: lo estropearía todo, una vez más, la acampada entera, el fin de semana, el humor de su padre.

El tren comenzó a frenar y Jorge, de pie al lado de la puerta, vio que en la estación los servicios tenían acceso desde el andén, a menos de cuatro metros. Miró la rígida espalda de su padre, su cuello musculoso, su coronilla calva.

No lo pensó. Abrió la puerta y echó a correr, con todos aquellos objetos de primera necesidad del cinturón de herramientas azotándole los muslos. Mientras corría se fue desabrochando la bragueta.

Hizo pis y salió de inmediato, pero el andén ya estaba vacío. El tren se alejaba. Sintió ganas de llorar.

Entonces lo vio. Estaba de pie, firme, con la mochila a la espalda, inmóvil como el tronco de un árbol de gran tamaño.

Apartó la vista de la mirada de su padre.

—¿Dónde está tu mochila, hijo? —oyó su voz terrible—. No me digas que te la has dejado en el tren.

Desde arriba, en la vertical, la ciudad parece una flor aplastada contra el asfalto por las ruedas de un camión, estampada en la cuneta, una lámina de color apagado, con los pétalos extendidos en todas las direcciones y grandes avenidas como nervaduras; teñida de verde pálido hacia el oeste y el norte, hacia la Casa de Campo, Pozuelo y Majadahonda, donde ha reventado la clorofila; más opaca, de un gris polvoriento hacia el sur y el este, por Coslada, San Blas, Valdebernardo o Vallecas, como si allí hubieran estallado las vejigas repletas de desechos industriales, burbujas fabriles y salpicaduras de cemento.

En el centro, donde la Castellana es la marca estriada del neumático, en la calle Zurbano, frente a la ventana que da a la plaza de San Juan de la Cruz, Carmen Maldonado sigue pasando páginas.

No era Cervantes, pero se dejaba leer. El delicado poeta de las azules cumbres, el humilde cantor de la retama, la jara y el espliego, el del regato cantarín y los trinos de calandrias y ruiseñores, el autor de *La luz azulada*, se había destapado, ¡acabemos de una vez con esta farsa!, y ahora ya era uno más de los muchachos, vengan tetas, lluevan culos, coños y carcajadas, caigan pollas y pistolas. Quién te ha visto y quién te ve, Carlitos.

Carmen se había tragado las primeras páginas sin quitarse la chaqueta, en la mesa del comedor, con el bolso colgando del respaldo de la silla.

Levantó la vista del manuscrito, se puso en pie, abrió la nevera y decidió que no necesitaba bajar a comprar.

Había alcanzado esa edad en que los años pasan volando y en cambio los días duran demasiado. Trabajaba, leía, salía con Cristina Maroto o con su amante escandinavo, se ocupaba de su hijo y, aun así, le sobraba tiempo antes de que llegara la noche, pero cuando quería darse cuenta ya había pasado un año entero, visto y no visto.

Se desnudó con el cuidado con el que siempre lo hacía, doblando de inmediato cada prenda que se quitaba, bragas incluidas. Carlos siempre se reía de ella: ¡hay que ser pazguata para doblar las bragas!

Era alta y delgada, nunca le había gustado su cuerpo y ahora, casi con cuarenta años, procuraba no mirarse demasiado al espejo. Se puso un pijama a cuadros rojos y blancos, como el mantel de un merendero. Siempre usaba pijamas de hombre, de franela, con pantalón y chaqueta con cuatro grandes bolsillos. En los de arriba metió, a la izquierda, el móvil; y a la derecha, las gafas de leer. En los de abajo, el tabaco y el mechero. Pensó en hacer café, pero se dijo que, si Carlos ahora escribía en prosa y como un tipo tan duro, bien podía ella tomarse un whisky a las seis y media de la tarde.

En el salón no quedaba ningún testigo de que Carlos hubiera vivido en aquella casa. Carmen había cambiado los muebles, los cuadros y hasta las lámparas. Ninguna silla declararía: aquí le dio una bofetada a su hijo, que se cayó al suelo. No comparecería la alfombra que acusara: sobre mí derramó el padre gotas de sangre de su hijo. Tampoco contaría que allí Carlos obligó a su mujer a posar desnuda para su cámara. Ni testificaría el sofá: aquí, en mis brazos, pasó Carmen la noche sola, llorando sin hacer ningún ruido, mientras él dormía en aquella cama de matrimonio que hoy está en paradero desconocido. Tampoco subiría al estrado el visillo que Carlos apartó para mirar la acera, asustado de sí mismo, mientras el hijo consolaba a la madre. Ni le tomarían juramento al brazo del sillón en el que apoyó los codos, arrodillado, para pedirle a su mujer que le perdonara.

Ahora ya le había perdonado, siete años después, pero no consentía que nada le recordara lo que había decidido olvidar. Lo estaba haciendo bien, muy bien, tenía motivos para sentirse orgullosa.

Se acurrucó en el sofá, un Chesterfield rojizo, con un almohadón sobre los muslos y el manuscrito encima. El narrador era el propio Carlos, sin duda, el hombre que todo se lo debía a los crucigramas. Mientras estuvieron casados, cada tarde le había visto hacer el crucigrama del periódico, lo que le empujaba a la consulta de diccionarios y enciclopedias. Era un retrato humorístico de su propia formación como escritor, como también el protagonista, Antonio Riquelme, tenía mucho del Carlos que ella había conocido. Por ejemplo, una pistola. Carlos había tenido una pistola escondida en casa. Guardaba el arma y la munición lo más alejadas posibles una de otra, por motivos de seguridad, como él decía. Y también utilizaba aquella palabra, pazguata, que en otro tiempo a Carmen le hacía tanta gracia.

Lo que se preguntaba era por qué ella se había identificado de inmediato con Beatriz Pancorbo. Al fin y al cabo, de momento, de la tal Beatriz sólo había salido en la novela su voz. Y por teléfono. Pero ¿acaso no fue su voz por teléfono lo primero que conoció de Carlos? Y fue en el Hispano donde se besaron por primera vez. Y esa forma de conocerse a través de un objeto perdido. Y la diferencia de clase. Todo aquello eran señales, advertencias, avisos que Carlos le enviaba: fíjate bien, atenta, esto te concierne, trata de nosotros.

Carmen tenía entonces veinticuatro años y no se dio cuenta de que le faltaba la cartera hasta la mañana siguiente. Ese día, en el autobús de Madrid a Alpedrete, no se fijó en Carlos, ni le recordaba cuando se vieron tres días después. Estaba dormida. No le importaba dormirse en presencia de desconocidos, así se sentía más protegida de las miradas de los otros, como los niños que se tapan los ojos con las manos para que nadie pueda verles: si ellos cierran los ojos, se vuelven invisibles.

Ahora, con cuarenta años, recostada contra el brazo del sofá, recordó aquella primera llamada de Carlos, tan parecida a la que unía en el manuscrito a Toni Riquelme con Beatriz Pancorbo.

Demasiadas coincidencias.

Carlos encontró su carnet de identidad y llamó a casa de sus padres, después de buscar el teléfono en la guía. En la novela, Riquelme recibía la llamada de Beatriz en el mismo móvil que le había robado. No era sólo casualidad.

Dio un sorbo al whisky, que no era Cutty Sark, sino Johnnie Walker. Jamás había vuelto a entrar en esa casa la etiqueta con el velero de tres palos, lo que bebía Carlos. Encendió un cigarrillo y siguió leyendo.

Ya era de día, había transcurrido el tiempo que emplea el Sol en dar una vuelta completa a la Tierra. Riquelme atravesó la plaza espantando palomas a patada limpia. A él se le debía algo, mucho, todo; todo aquello de lo que los demás disfrutaban sin hacer a cambio ningún esfuerzo. Él en cambio había coleccionado una enciclopedia por fascículos, se había leído las obras inmortales de Shakespeare, hacía gimnasia por las mañanas y resolvía cada día al menos dos crucigramas. Él se lo merecía.

Las aves de mediano tamaño y cuerpo rechoncho aleteaban, resignadas, y emprendían el vuelo para protegerse entre las ramas de ciertos árboles leguminosos con flores aromáticas.

Él era el acreedor. Tampoco pedía tanto, sus ambiciones eran sencillas y muy naturales, sólo quería no tener que contar el dinero, viajar en avión, cenar de restaurante cada vez que le diera la gana y llevar trajes como los del Letrado, don Sebastián Cárdenas, el hombre al que más admiraba en esta vida y que para él había sido como un padre. Ahora ya tenía una pistola y el Letrado le ayudaría a conseguir lo demás. Se lo había prometido: muchacho, cuando estés preparado para cosas más serias que robar carteras, avísame. Siempre se lo había repetido: llámame cuando estés dispuesto a todo, muchacho.

Lo primero era salir de aquel barrio. Él lo había logrado, vivía en el hostal Enterría, en la calle del Barco, a un paso de la Gran Vía. Sus padres murieron en aquella esquina de la calle Montejurra, después de mucho ir y venir en autobús al hospital, sujetando esos incómodos sobres cerrados con radiografías de sus propios cuerpos que ni siquiera se atrevían a abrir; se quedaron allí, en el barrio, al otro lado del muro de ladrillo, en unos nichos como estantes de librería, con el título en la lápida, en esa inmensa biblioteca inservible, cinco millones de volúmenes que nadie leería nunca, impresos en rústica, descosidos, amarillentos, descarnados, descuajaringados, borrosos, comidos por la humedad, el polvo y esa fauna voraz y cadavérica que se alimenta de papel y de carne, de sangre y de palabras. Allí estaban sus viejos, lo que quedara de ellos, libros que nadie leería nunca, en el anaquel correspondiente.

Él en cambio había conseguido salir, cruzar el río sepultado por la ciudad, el arroyo Abroñigal que separa La Elipa de Madrid por debajo del suelo de la M-30.

Trini, por su cuenta, también lo había logrado. Aunque morena, ella había sido como la rubia del bar Vicencio, una niña deslenguada y presumida, con su chicle en la boca, sus diminutas bragas con corazones desteñidos y su indefenso sueño de felicidad al otro lado del río. Había sido cajera-reponedora en el súper y había lucido con orgullo en la disco la pierna con la quemadura del tubo de escape de la moto de su novio. Se había acostado con otro, por curiosidad, por interés o para distraerse de sí misma; le habían partido la cara y dos costillas; y se había prometido que nadie volvería jamás a ponerle la mano encima. Un día los chavales del barrio se dieron cuenta de que hacía ya tiempo que no veían a la Trini. Una menos, así era el barrio: ya había otra que ocupaba su sitio en la caja del súper, en la pista de baile y en el sillín de la moto.

Desde que llegó a la ciudad, a Riquelme le gustaba el centro de Madrid y paseaba por la Gran Vía, atraído por las putas de Ballesta y Caballero de Gracia. Esas mujeres le parecían un enigma, porque ofrecían su cuerpo a cualquiera, pero en cambio sus sentimientos eran inaccesibles. Ni siquiera se dejaban besar en la boca.

Entre ellas, una noche encontró a la Trini, a la que conocía del barrio desde que eran niños. Se apretaron el uno contra el otro, como dos caballos cojos de la misma pata, y ya no se separaron.

Y ahora qué, y ahora para qué.

Si Riquelme no hacía algo grandioso, algo imponente y sobrecogedor, ¿qué iba a ser de ellos dos?

Cuando llegó a la avenida, Riquelme vio pasar a una cincuentona con abrigo y tacones, que se acercaba al cajero automático, con la mano ya buscando en el bolso la cartera. Sus miradas se cruzaron un solo instante, pero fue suficiente, ella lo supo, se detuvo de pronto, con la mano dentro del bolso. Riquelme sacó el arma y con la otra mano se llevó un dedo a los labios para ordenar silencio. Quizá fuera enfermera, porque llevaba medias blancas.

—Saca del cajero todo lo que tengas y no te haré nada.

—Hay un límite, no sé cuál es, pero no puedo sacar demasiado.

—Saca mil.

La mujer obedeció. Riquelme estaba a su espalda y

apretó el cañón del arma contra el cuello de la mujer. La máquina denegó la operación, había sobrepasado el límite.

—Prueba con seiscientos.

Esta vez el cajero entregó los doce billetes de cincuenta. Riquelme rodeó la cintura de la mujer con el brazo izquierdo para recoger el dinero, sin dejar de encañonarla. Se le había puesto erecta, tumefacta, durísima. Tan dura que se sintió orgulloso, aunque le dio miedo. Tuvo ganas de metérsela y a la vez disparar. Por el culo. A la cabeza. Se pegó a la mujer, empujándola con su cuerpo contra el cajero, clavándole la polla, ese cuerpo cerrado que había aumentado de tamaño, entre las nalgas, a través de la ropa. Notó la rigidez de la mujer, el miedo que le hacía contener la respiración. Se guardó el dinero en el bolsillo y la obligó a darse la vuelta. Ella miraba al suelo, las aletas de su nariz se movían deprisa. Le levantó la barbilla con el cañón del arma. Era excitante, era igual que en las películas.

—Mírame, puta.

Tenía las pupilas muy dilatadas y un leve temblor en los labios.

—No me hagas daño, por favor, no me hagas daño.

Con la mano izquierda, apartó el abrigo y le apretó una teta a través del uniforme blanco. El abultamiento del pecho no tenía pezón al tacto. La teta era blanda y de considerable tamaño y a Toni le produjo una sensación parecida a la de escurrir una bayeta de cocina. La soltó porque sintió ganas de tirar de ella hasta arrancársela. Puso el cañón entre los dos pechos.

—Mírame a los ojos, mírame bien.

Ella estaba empezando a llorar.

Entonces Riquelme le escupió en la cara, a muy corta distancia. La porción de saliva lanzada por la boca de una vez le alcanzó en los ojos, donde se mezcló con las lágrimas de la enfermera.

Riquelme salió corriendo con el arma en la mano y en la avenida Daroca cogió un taxi hacia el centro.

Le había entrado hambre. Tomó en el Texas cuatro cañas y un bocadillo de beicon con queso. Salió a la Gran Vía como otros salen de misa de doce, sacando pecho, con la cabeza muy alta. Tenía una cita con Beatriz Pancorbo, la pazguata pizpireta, así que necesitaba horas de sueño, un traje nuevo, una ducha y una mujer. Cualquiera le valía, menos Trini, su novia a la que no se atrevía a llamar novia.

No tardó en encontrar a una mujer cualquiera bajo el rascacielos de Telefónica. A la tía ya la tenía muy vista. Costaba cien en el D'Angelo de la Castellana, a partir de las once; setenta a pie de calle, en capitán Haya, hacia las tres de la madrugada; cincuenta en el Club Iris, a partir de las cinco; y sólo treinta en Caballero de Gracia, a esa hora en que la chapa de los bares espanta a una bandada de pájaros de la copa de una acacia. Casi a las diez de la mañana, en la calle Ballesta, la convenció por veinte euros.

Como de costumbre, lo que más le gustó fue subir detrás de ella la empinada escalera pasándole la mano por el culo, y también ver cómo se sacaba las tetas por encima del sujetador, sin desabrochárselo. Como de costumbre, esta tampoco le dejó besarla en la boca.

Luego se reunió con Almond en el bar Santos y le advirtió que estuviera preparado: tenía un arma y pronto harían juntos algo grandioso, en cuanto él consiguiera hablar con el Letrado.

Con el dinero de la enfermera, compró en Milano un traje gris, una camisa rosa y una corbata amarilla; en Los Guerrilleros, unos mocasines con borlas; y en El Corte Inglés, un cinturón y calcetines negros.

La habitación del hostal olía a la clase de alimentos que siempre se abandonan a su suerte (el medio limón, esa galleta mordida, el resto de una bolsa de ganchitos de queso), hasta que se sumergen en una inmovilidad amenazadora y adquieren cierta iridiscencia de papel de aguas. Había un ventanuco que daba al reloj de Telefónica y un baño miserable con un plato de ducha. A Riquelme se le caía el alma a los pies, tenía la sensación de que la desgana, el cansancio de tantos antiguos ocupantes tristes se había quedado pegado a los tabiques, a las baldosas del baño, al cielo raso; que empañaba el cristal de la ventana y el espejo; parecía que flotaba, como aliento exhalado por otros, una neblina pegajosa y húmeda. Era agotador. Así no se podía vivir. Qué más daba cuánto pusieran de su parte él y la pobre Trini, esa desventurada. Para qué tanto esfuerzo, tanta paciencia, tanto cansancio, si al final se les caían encima las paredes y les llenaban el corazón de escombros y cascote.

Ahí estaba, tumbada de medio lado en posición fetal, con las rodillas casi tocando el pecho y los puños cerrados contra la boca. La hija de puta tenía la jeringuilla en la almohada, con una goma, la cuchara en la mesita de noche y un rastro de sangre secándose en la sábana. A Riquelme las agujas le aterrorizaban.

Trini sólo llevaba puesto un tanga rojo, con la tela invisible, remetida entre las nalgas; y un poco más adelante, hacia los muslos, un abultamiento color vino, del que escapaban tenaces pelos negros, silvestres, como la hierba que crece en la grieta de un muro o entre las sepulturas.

Qué asco le daba, qué ganas de follársela así, por detrás, sin que se despertara.

Dejó la cazadora en el lugar de siempre, para no levantar sospechas, y metió la pistola y las balas en una caja al fondo del armario, detrás de las bolsas con sus compras. En el bolsillo del vaquero dejó cincuenta euros: con eso Trini se daría por satisfecha. Puso el despertador a las cinco y se dejó caer junto a aquel cuerpo inmóvil del que escapaban ronquidos intermitentes, semejantes al estertor de una agonía.

Cuando se despertó, Trini ya no estaba ni tampoco los cincuenta euros. Había dejado tras de sí un confuso rastro de su vida: el cenicero rebosante de colillas, la botella de coñac vacía, el tanga sucio por el suelo y restos de papel ensangrentado diluyéndose en el fondo de la taza del váter.

Al salir de la ducha, vio que en el espejo había una palabra escrita con un dedo. MARICON era lo que decía, en mayúsculas y sin acento. Riquelme no sabía cuándo habría escrito Trini aquel oblicuo mensaje de amor ni por qué volvía a aparecer, como por arte de magia, al empañarse otra vez el espejo.

Con deliberada anticipación, a las siete y cuarto, ya estaba Riquelme en una mesa del Café Hispano. Nada más entrar comprendió que se había equivocado, aunque no acababa de decidir si iba en general demasiado vestido o si sólo alguna de las piezas de su indumentaria chirriaba delatora.

No la recordaba del Wurlitzer Ballroom, pero supo que era ella en cuanto la vio. La pazguata típica, pazpuerca, la mosquita muerta que podría arruinarle la vida en cuanto ella se lo propusiera, pensó. Con una sola mirada, echaría a perder el resto de su existencia. Le gustaba. Le gustaba mucho. Vaqueros, blazer con botones dorados y camisa a rayas azules y blancas, atravesó el salón desprendiendo una brisa suave que pareció alegrar incluso a esos mismos camareros insolentes que habían recibido a Riquelme poniéndose firmes, alerta, como si temieran que fuera necesario intervenir de un momento a otro. Tenía el pelo con raya al lado izquierdo, muy corto en las sienes y en la nuca, y con un flequillo largo que caía en cascada diagonal sobre su ceja derecha.

En ese momento era el único hombre solo, pero se dio cuenta de que ella no le había identificado por eso, sino por sus zapatos o el corte de su traje. Ella se apartó el flequillo con la mano y sus ojos le dirigieron una mirada de fastidio atenuado por la condescendencia. Riquelme se puso de pie. La pazguata le sacaba una cabeza. ¿Antonio Riquelme? En efecto, en efecto, soy yo mismo, respondió él con lo que juzgó un tono a la vez mundano y empresarial. Soy Beatriz, ella le tendió la mano. Ahora parecía interesada en la cicatriz de Toni. Encantado, Beatriz, pero siéntate, por favor, ¿qué bebes? Sólo un café, dijo ya sentada, tengo un poco de prisa. Riquelme chasqueó dos veces los dedos en el aire, pero se dio cuenta de que ella se sentía avergonzada por ese gesto. ¡Eh, tú, trae un café!, ordenó, y fue peor todavía. Beatriz miró al camarero como si le pidiera disculpas y el tipo le devolvió una mirada cómplice y paciente. Háblame un poco de ti, Beatriz, dijo él, cosmopolita. ¿De mí? Su asombro ni siquiera era fingido. ¿Qué es lo que quieres saber de mí? A falta de una réplica más oportuna, Riquelme soltó una risotada. Ja, ja, ja. En efecto, es que tengo la sensación de que nos hemos visto antes. No creo, afirmó ella, quizá con demasiada rapidez. ¿Y por qué no?, preguntó Riquelme. Es que salgo muy poco, rectificó Beatriz.

A Riquelme le deslumbró de pronto la visión de un fotograma intercalado en la película que él mismo se proyectaba en su interior. No llegó a verlo, lo percibió por debajo del umbral de la consciencia. Percepción subliminal, así se llamaba. Algo que no ves, pero percibes sin saberlo; algo que lees, aunque no esté escrito.

Él no era un atractivo hombre de mundo, eso decía el fotograma. Beatriz no lo veía así. Ni siquiera lo veían así los insufribles camareros. Tampoco se había creído ella que él tuviera negocios de *import-export*, como había llegado a decir. Peor todavía: lo triste, lo compasible era que el techo de su inventiva se encontrara en el *import-export*. La propia expresión *import-export* no era tan brillante, evocadora y convincente como él creía. Durante un solo instante, un relámpago en la oscuridad, logró ver lo que ella veía: *import-export* era una actividad ridícula, que sonaba a billetera sujeta con una goma elástica muy ancha. Se vio desde los ojos de Beatriz: un macarra vestido para una boda, un patán disfrazado según la idea que él mismo se había hecho de los auténticos señores, un piernas con ambiciones, alguien que daría miedo si no diera tanta lástima.

Fue un solo fotograma entre veinticuatro, en realidad no lo vio, pero le provocó malestar indefinido, rubor intenso en las orejas y una sensación de agravio inmerecido y doloroso.

El que camina sobre la superficie helada de un río, cuando se da cuenta de que ha dado un paso en falso, tiene dos opciones. O bien se queda paralizado y examina qué ha sucedido, y elige con cuidado el camino de salida. O bien echa a correr para alcanzar la orilla cuanto antes y ponerse a salvo. Riquelme titubeó, se apretó el pulgar entre el dedo índice y el corazón, cerró los ojos y, cuando volvió a abrirlos, sin pensarlo, se lanzó a la carrera. Le sugirió que quizá se conocieran de la universidad. Ella le preguntó dónde había estudiado. Aquí mismo, en la de Madrid. ¿En la Autónoma? A Toni ni se le había ocurrido pensar que hubiera más de una. Sí, en la Autónoma. Yo en la Complutense. Será de otra cosa entonces, insistió Riquelme: yo voy mucho a los museos. Siguió hacia delante, cada vez más deprisa, sobre una fina lámina de hielo. Afirmó que el Prado era su verdadero hogar, confesó lo que, según dijo, nunca le contaba a nadie: todo el tiempo que le dejaban libre sus múltiples ocupaciones (¿ocupaciones de *import-export?*, pareció preguntar la mirada irónica de Beatriz) lo dedicaba a la pintura. La luz, esa luz de Velázquez, es lo que veo cuando cierro los ojos, dijo. No me canso de mirar los cuadros de Francis Bacon, añadió, porque había oído su nombre por la tele (Paco Panceta, había bromeado con Almond). ¿Hay cuadros de Bacon en el Prado?, se asombró ella. Sólo seis, improvisó Riquelme, en el sótano, muy poca gente lo sabe. La mirada de Beatriz le asustó, aceleró sobre la grieta que se propagaba bajo sus pies, desesperado. Casi nunca voy a museos, dijo ella. Tampoco de eso podían conocerse, así que Riquelme no tuvo más remedio que seguir adelante y habló de sí mismo, le ofreció una vida entera, una existencia artística, lujosa y fascinante, a la que añadió un pasado trágico (se hizo pasar por viudo) y un carácter reservado y sentimental. Otra vida, otro Antonio

Riquelme que ni siquiera estaba convencido de que le hubiera gustado ser, pero que creyó que sería el hombre al que Beatriz Pancorbo se entregaría sin reservas.

Se equivocaba, vio que a su alrededor, sobre el hielo, se extendía una imparable telaraña de resquebrajaduras, no había remedio, así que corrió más todavía, al límite de sus fuerzas. Es posible que nunca nos hayamos conocido antes, admitió, y sin embargo yo te he reconocido, Beatriz. ¿O acaso no creía ella que entre dos personas se producía a veces una sensación inexplicable de haber vuelto los dos a casa, una fuerza de gravedad recíproca como entre dos planetas errantes que se buscaran por los espacios siderales? Los espacios siderales, repitió ella, entre el terror y la incredulidad. Lo siento muchísimo, pero me tengo que ir, gracias por el café. Y se levantó, mirando el reloj aparatosamente. Un momento, no te he dado tu móvil. Ah, el móvil, claro, es verdad, dijo ella, no sé cómo agradecértelo. ¿Qué tal, dijo él, con el privilegio de cenar juntos? Lo dijo mientras ella, sin prestarle atención, sacaba del bolso la cartera, una cartera nueva, y de la cartera un billete de cincuenta que le tendió.

Entonces fue cuando el suelo se abrió a los pies de Riquelme, que se zambulló en el agua helada.

No dijo una palabra más, estaba poseído por el sentimiento de una humillación intolerable.

Beatriz se despidió y salió con prisa, sin mirar atrás.

El billete se quedó sobre la mesa.

El 1 vertical. De ocho letras. Tiene una o. Choque. Conflicto. Oposición de sentimientos, ideas, intereses, etcétera, o de las personas por ellos.

Colisión. Ojalá descarrilaran o que el tren embistiera a un mercancías descendente, choque frontal, cristales rotos, hierros retorcidos, el chirrido espantoso de los frenos, fuego, relámpagos, estallidos, y después humo, y entonces, por fin y para siempre, nada.

Había deseado con todas su fuerzas que desapareciera su padre o, mejor aún, que todo desapareciera sin dejar rastro.

Ahora volvían a estar sentados en un vagón de tren, más allá de La Navata, otra vez de espaldas al sentido de la marcha. Habían vuelto a comenzar. Jorge sintió una alegría trémula asentada sobre el suelo poco firme del miedo. Estaba aturdido. Su padre permanecía vigilante, en tensión, esperando. Los dos fingían entusiasmo ante el nuevo comienzo de la expedición. El de Jorge era un débil latido; el del padre, un entusiasmo solemne y sombrío. Ante ellos, azulados, se iban acercando los picos del Guadarrama.

La forma de las montañas cambia en cuanto el que las contempla se mueve, así que en cada curva aparecían figuras diferentes en las mismas rocas, una cabeza de piedra, un montón de trigo, un cuerpo derribado, esa mujer muerta con los ojos abiertos hacia el cielo.

Volver a subir juntos a un tren había sido una pesadilla.

—Así que te bajas sin avisar y encima abandonas la mochila. ¿Y qué quieres que hagamos ahora sin tu mochila? Dímelo. ¿Qué hacemos?

Jorge dijo que no lo sabía, con la voz ahogada por el llanto.

—Pues ya no eres un niño. Ya tienes edad para saber las cosas. Dime qué hacemos, dímelo tú.

Jorge pidió perdón entre lágrimas.

—Estás perdonado, hijo, pero no se trata de eso. Yo soy tu padre, te lo perdono todo. Pero eso no cambia nada. Lo que quiero es que te des cuenta de lo que has hecho. Hijo, me has abandonado. Te bajas sin decir nada. Y encima te olvidas de la mochila. ¿Qué piensas de lo que has hecho?

Jorge dijo que estaba mal. Volvió a pedir perdón, pero su padre no se daba por satisfecho.

—Y si a mí no me llega a dar tiempo a bajarme, ¿qué hubieras hecho? Hijo, ¿por qué me has abandonado? ¿Qué pensabas hacer? ¿Cuál era tu plan?

El hijo no tenía ningún plan.

—No sé. Es que me lo hacía encima.

—¿Y ahora qué hacemos?

—No sé.

Sólo quería que su padre no siguiera regañándole, que parara de una vez, sólo quería apagar la luz, meterse debajo de las sábanas, desaparecer para seguir llorando en la oscuridad, invisible, dejar de ser para no sentir el peso de la mirada de su padre.

—¿Qué propones, Jorge? Ya eres mayor, dime cómo lo vas a arreglar.

Jorge dijo que no lo sabía. Estaba llorando. Quería llamar a su madre, que desapareciera su padre o desaparecer él.

—¿Ahora por qué lloras? —insistió su padre—. Ya tienes catorce años. ¿Esa es la única solución que se te ocurre? ¿Echarte a llorar? Qué vergüenza.

Lloraba hilo a hilo, sin llevarse las manos a la cara, con algún suspiro y sorbiéndose los mocos cada poco tiempo. Su padre le contemplaba en silencio. El chico tenía un aspecto ridículo, con los pantalones cortos, la bragueta desabrochada y el cinturón de herramientas y los brazos colgando inertes a los lados, con un ligero balanceo, como si estuviera acunándose.

El padre le dio la espalda.

—Hijo, tú me has abandonado. Y a tu mochila. Nos has dejado sin mirar atrás. Pero en cambio papá nunca te abandona a ti. Ven conmigo.

Carlos se acercó a una papelera y su hijo vio cómo sacaba su mochila, que había escondido detrás.

—Toma, aquí la tienes. Papá no te abandona nunca.

Jorge sintió rabia y un asombro sincero:

—¿Por qué haces esto, papá?

—¿El qué? ¿Traerte tu mochila? ¿Te parece mal que tu padre resuelva los problemas que tú has provocado?

—¿Por qué no me lo has dicho desde el principio?

—Porque te quiero, hijo, simplemente por eso. Te quiero y quiero que te des cuenta de las cosas que haces, para que no las vuelvas a repetir, para que aprendas a ser mejor.

Jorge no sabía qué decir. Se sentía como si hubiera recibido un puñetazo en la cabeza: dolorido, desorientado, sin capacidad de reacción.

—¿Es que no tienes algo que decir? —preguntó el padre—. De nada, hijo, de nada.

—Gracias, papá.

—Ven aquí, dame un beso.

El chico besó la mejilla del padre y este le abrazó. Jorge apoyó la cabeza en su hombro, porque no quería ser visto ni hacer frente a la mirada de su padre, a su doliente amor por él, a sus buenos sentimientos, a su mala conciencia.

Jorge desconfiaba de los buenos sentimientos, creía que hacían más daño todavía. ¿Cómo podía uno protegerse de las buenas intenciones? No había escapatoria. Cuando el arma de ataque era el interés, la cobardía o el egoísmo, uno podía devolver el golpe. Contra los mejores propósitos en cambio no había defensa.

Así que se rindió al poder que a su padre le daba el amor que sentía por su hijo.

—Perdóname, papá.

Carlos le puso la mano en el hombro, respiró hondo, cabeceó con gesto de preocupación y dijo:

—Anda, ve al baño a lavarte, te espero en el bar.

Jorge sabía que su padre en ese momento podía cancelar la expedición o reanudarla, cualquier decisión que tomara sería justa. Había alcanzado ese lugar en el que lo justo, lo razonable o lo útil ceden el sitio a la voluntad: todo dependía de lo que él quisiera. Hiciera lo que hiciera, tendría razón y Jorge tendría que aceptar que se lo merecía.

De camino a los lavabos, volvió la cabeza y vio a su padre que avanzaba con paso elástico y rotundo hacia el bar, las manos en los tirantes de la mochila, con la cabeza muy alta y la conciencia limpia.

Daba la impresión de que se dirigía a celebrar algo.

Pensó que su padre ahora se tomaría una copa. Se miró al espejo y sintió una incomodidad que iba creciendo para convertirse en miedo. No podía llamar a su madre. No podía quedarse demasiado tiempo encerrado en el baño. No podía volver a llorar en presencia de su padre. Tenía que acudir al bar, con la cara lavada, para escuchar en pie el veredicto: seguían adelante o volvían a Madrid. Absolución o condena.

Acodado en la barra, con la mochila a los pies, su padre bebía whisky en copa de coñac. Cutty Sark con un solo hielo. Debía de ser el segundo, porque Jorge vio otra copa vacía al lado.

—¿Quieres un zumo? ¿Una coca-cola?

—Un zumo de piña.

—Jorge, espero que te hayas dado cuenta de que no puedes seguir así.

—Lo siento mucho, papá

—Voy a darte otra oportunidad. Pongamos el contador a cero, ¿de acuerdo? El próximo tren pasará a las diez y diecisiete. Lo cogeremos y seguimos adelante.

—Gracias, papá.

—Quiero verte contento, hijo. Tu felicidad es lo único que me importa.

Él sólo quería que su hijo fuera feliz, ese muchacho exhausto y atemorizado que se bebió el zumo a grandes sorbos, ese chico al que le costaba levantar la vista del suelo y soportar su mirada, el que se limpió los labios con el dorso de la mano sin que su padre pudiera evitar decir:

—¡Coge una servilleta, por Dios, te lo he dicho mil veces!

—Perdón, papá.

Quería que Jorge volviera a ser otra vez su hijo.

Cuida a mi hijo, eso había dicho su madre. Tenía razón, ahora era suyo: se lo había quitado. Carmen y su abogada habían secuestrado al chico con acusaciones falsas, pero ahora tenía una oportunidad de recuperarlo.

Pidió un tercer whisky, asombrado del desastre en que había convertido su vida.

Conoció a Carmen un día de octubre de 1996. Ella le conoció a él tres días después. Apareció en la vida de Carlos con los ojos cerrados, quizá dormida. Estaba sentada sola en el asiento de la ventana, en la última fila antes de la puerta de salida. Se había puesto un chaquetón sobre los muslos, como si fuera una manta, y tenía los brazos cruzados y la cabeza apoyada en la cortinilla, temblando por la vibración del cristal. En el asiento de al lado había un libro abierto sobre un bolso negro. Se hacía de noche y avanzaban hacia el norte por la carretera de La Coruña, iluminados por el resplandor rojo y blanco del atasco, luz de freno, luz de cruce. Ella tenía las uñas cortas, sin esmalte, el pelo recogido en una cola de caballo y, sobre los brazos cruzados, unos pechos que los frenazos y los baches ponían en movimiento, parecía que flotaran sobre el agua.

Carlos la miraba como solía contemplar el paisaje: sin entender nada.

Tenía entonces treinta años y, desde hacía meses, se sentía intranquilo. Pero no por una causa determinada, aunque le sobraban motivos, sino en general, como si su propia vida le quedara pequeña, como si no fuera de su talla o hubiera encogido; se sentía incómodo sin poder señalar por qué ni dónde le apretaba. Sobraban motivos: Yolanda, su novia; el colegio en el que daba clases de lengua y literatura, la falta de coche y de dinero... Pero no era eso, había algo más, algo por debajo que provocaba todo aquello, una enmienda a la totalidad.

Y de pronto le pareció que aquella mujer dormida era su única salvación.

Quería estudiar botánica, zoología, incluso entomología, para comprender el paisaje, para poder leerlo. Sin embargo, ¿cómo iba a lograr entender a aquella mujer? ¿Qué significaba esa gargantilla de oro? ¿Era de exquisito gusto o más bien un adorno monjil y gazmoño? Analfabeto para su belleza intempestiva, como lo era para la de un acantilado, sólo podía repetir: qué buena está, qué tetas; y seguía mirando sin ver nada, sin saber leer.

Pasaban restaurantes marineros y otros amurallados, con almenas y torreones, pasaban naves industriales, asadores, hornos de leña, chalets con tejados de pizarra, centros comerciales, edificios de oficinas con las paredes de cristal. ¿Estaba dormida o despierta? Carlos apartó un segundo la vista y, cuando volvió a mirarla, ella había metido una mano debajo del chaquetón azul marino. La otra mano, entre el cristal y su cabeza, le servía de almohada. En la ventana ponía SALIDA DE EMERGENCIA. No estaba dormida de verdad. Sí, sí que lo estaba. Frente a sus ojos cerrados había un pequeño martillo rojo; a sus pies, bajo el asiento, un extintor de incendios. Él nunca se quedaba dormido en presencia de desconocidos, se sentía en peligro, desprotegido, también avergonzado; nunca dormía en autobuses, en trenes o en salas de espera.

A partir de Torrelodones había viveros con arbustos de jardín, aligustre, boj, las inevitables arizónicas, pinos en maceteros de cemento, tiendas de muebles y de piscinas, empresas de pozos y sondeos, concesionarios de automóviles.

Se preguntó qué haría ella en aquel autobús. Tenía sin

duda más de veinte años y, con aquel aspecto, era imposible que no tuviera coche. Allí sólo montaban clases pasivas, chachas, subalternos y algunas viudas de luto que sujetaban el monedero bien apretado contra los muslos durante todo el trayecto. Pasajeros que ni siquiera prestaban atención a aquella mujer dormida, como si fuera invisible para ellos, como si no pudieran percibir la suavidad de su piel, su frente fría contra el vidrio, sus mejillas encendidas por la calefacción excesiva. En Villalba abrió de pronto los ojos, sin mirar a nada salvo al respaldo del asiento delantero, cambió de postura y apoyó la cabeza muy derecha, otra vez con los ojos cerrados. Él tenía razón: nunca había estado dormida.

Aunque los dos habían subido al mismo autobús en Moncloa, Carlos venía de mucho más atrás, de mucho más abajo, de un lugar tan alejado que, desde aquel Madrid de 1996, ya casi no se alcanzaba con la vista. Venía de las academias nocturnas de la calle Carretas, de la trabajosa lectura de enciclopedias en fascículos, de los cursos por correspondencia, de la informática para el día de mañana y de los métodos de inglés con ocho casetes incluidas. Venía de un mundo raro, en el que no eran concebibles las mujeres jóvenes con gargantilla ni con aquella blusa de la que no era capaz de distinguir el tejido. Debía de estar fabricada de la misma materia que los sueños intranquilos de Carlos, esos que nunca recordaba, pero de los que se despertaba convertido en un monstruoso insecto. En el mundo del que venía Carlos no había mujeres capaces de dormir como si tal cosa a la vista de completos desconocidos, mujeres inocentes, libres del miedo a roncar, a que se les escapara un pedo o a ponerse en una postura obscena o ridícula.

Pasado Villalba, ella se incorporó de repente, recogió el bolso y se puso el chaquetón de marinero. Llevaba vaqueros algo desteñidos en las rodillas y en las nalgas y unas botas negras.

Carlos le lanzó una mirada como si tirara una piedra a un pozo. Amarrado a esa piedra estaba su pasado inútil, su esperanza dolorosa, su deseo salvaje, impuro y culpable. Se quedó esperando el impacto y, aunque sus miradas se cruzaron, el agua de los ojos de ella no se alteró. El autobús se detuvo en una parada al borde de la carretera y Carlos la vio correr, la coleta golpeándole la espalda, hacia un coche que esperaba con los faros encendidos. Alguien abrió desde dentro la puerta del pasajero, no pudo ver nada, ni siquiera si era hombre o mujer, sólo la vio entrar y cerrar de un portazo. Era un todoterreno, uno de esos cuatro por cuatro que en aquellos años sólo se compraban los que ya eran propietarios al menos de otro vehículo.

Había bajado a la altura de Alpedrete, en una zona de chalets muy grandes y con muros de piedra.

Carlos se cambió de sitio y ocupó el asiento sobre el que ella había dormido o se había hecho la dormida, eso no lo sabía con seguridad. Tocó la áspera cortina, apoyó la cabeza en aquel cristal que había rozado su frente. Estaba frío. Desde allí miró el sitio que él había ocupado, preguntándose si ella le habría mirado alguna vez sin que él se diera cuenta.

Era noche cerrada y a su izquierda distinguía la oscura cruz de piedra del Valle de los Caídos, con los brazos abiertos al valle o tal vez al monte. Se dio cuenta de que, en cuanto le arreglaran su coche (había decidido que eso era lo que había pasado), ella no volvería a coger el autobús y desaparecería para siempre de su vida. Se fijó en el letrero de la ventana y vio que, al otro lado del cristal, otro letrero decía lo mismo para ser leído desde fuera: SALIDA DE EMERGENCIA. Acaso al otro lado del cristal alguien buscara también la salida, a pesar de que ya estaba fuera o quizá encerrado fuera.

¿Sería su novio el conductor del cuatro por cuatro? ¿Su marido? ¿Con quién se habría ido ella?

Él tenía que volver a su vida, a los chicos de bachillerato, a las facturas devueltas por el banco, al malhumor de Yolanda, y no era capaz de imaginar a qué clase de vida volvería ella, con su gargantilla, su blusa blanca y su cola de caballo.

El autobús ya estaba llegando a Los Molinos, aquel pueblo invisible, lleno de residencias de ancianos, de franquistas irredentos, mujeres con alcuza y campeones de mus, y también de chavales estúpidos y holgazanes, la mayoría alumnos de Carlos en el colegio Las Nieves.

Al levantarse tocó la tapicería sobre la que quizá hubiera dormido ella (o se había hecho la dormida) y entonces fue cuando la encontró, encajada entre los dos asientos. Era una billetera de piel marrón. No tuvo tiempo de abrirla, ya veía a Yolanda esperándole en la parada. La metió en el bolsillo interior de la chaqueta y tocó el timbre.

Ahí la tenía, con los vaqueros pitillo que se tenía que poner tumbada en la cama, las zapatillas de baloncesto, la chupa de cuero y esos displicentes y dilapidados diecisiete años.

La besó en los labios, pero ella le metió la lengua en la boca, interrogante y ansiosa, como si pretendiera registrarle.

—¿Qué te pasa? Te noto muy raro, Charly.

—¿A mí? A mí no me pasa nada.
—Ya.
—¿Cómo que ya?
—Que ya te veo, Charly, ya te veo.
—Anda, vamos a tomar algo.

No sabía qué iba a hacer con Yolanda, esa alumna suya con la que se había enredado sin darse cuenta y que ahora le decía que estaba embarazada, no sabía cómo deshacerse de ella sin que la alta opinión que tenía de sí mismo sufriera un daño irreparable.

Sin embargo, Carlos había logrado pasar al otro lado del cristal, abandonar a Yolanda y empezar una nueva vida con Carmen, con sus tetas sin descripción posible y con su gargantilla de oro. Y todo ¿para qué? ¿Había salido al exterior o se había metido en otra trampa?

Todo para que Carmen se liara con su jefe y así ascendiera a subdirectora comercial. Para que le robara a su hijo. Para que años después él tuviera que acabar de nuevo con Yolanda.

Interrumpió la lectura un poco incómoda, con la sensación de que en lo que estaba leyendo había un cepo enterrado bajo la hojarasca de palabras, disimulado entre culos, tetas y pistolas, y listo para saltar si lo pisaba sin darse cuenta.

Bajo esas frases que contaban una violencia de mentira, había un daño verdadero, una trampa de la que no sabría soltarse si caía en ella.

¿O no era para tanto? Quizá sólo se había quedado fría en el sofá, tumbada en pijama y descalza. La temperatura había bajado muy deprisa, tenía que encender el radiador y ponerse un jersey de lana, eso era todo. Hacia Moncloa, los óxidos de nitrógeno de los tubos de escape añadían al atardecer arañazos violetas, salpicaduras de cinabrio y un remolino de niebla indecisa como el vaho que se despega de un espejo. Comprobó el móvil, como si se hubiera quedado dormida, para ver si habían llamado los excursionistas. No había motivo para sentirse intranquila, estarían fuera de cobertura.

Se puso el jersey de lana, otro dedo de whisky y unos calcetines; bajó la persiana y subió la calefacción.

Carmen se consideraba una mujer con imaginación, pero sin fantasía, una mujer sensata, realista, razonable, incapaz de asustarse de sus propias figuraciones. Sabía dominarse y mantenía el sentido de la proporción. ¿No lo había demostrado cuando se separó de Carlos? Se le fue de las manos por culpa de Natalia Garvía, su abogada, era cierto, pero luego consiguió que las aguas volvieran a su cauce. Lo había hecho muy bien, las cosas como son.

Los escritores inventaban, por supuesto, pero a partir de lo que tenían más a mano: su propia vida. No tenía nada de raro, y menos aún de amenazador, que ese delincuente conociera a la tal Beatriz de una forma parecida a como se conocieron ellos, ni tampoco que se encontraran en el Hispano.

Le llamaba la atención que Carlos escribiera algo tan violento y tan vulgar, pero eso tampoco significaba nada, no tenía por qué ser su cara oculta. ¿O es que acaso la voz que hablaba en *La luz azulada* se parecía mucho al Carlos que ella conocía? Pues tampoco: como un huevo a una castaña. Tan distinto era Carlos del matón de barrio como del amante de la naturaleza, aunque los dos tuvieran algo de él. Cualquiera de ellos o ninguno podía ser su cara oculta.

> Como un ave remota y migratoria
> regresa mi aliento acribillado,
> una vez y otra a estos peñascales
> del hondo Guadarrama.

Ese tipo tampoco era Carlos, pero ella no se había preguntado al leerlo con quién se había casado ni se había dicho, alarmada, no le conozco, no sé con quién estoy viviendo, qué tiene Carlos en su interior. Si escribía su conmovida emoción ante la flor amarilla del jaramago o el morado del cantueso, ella no pensaba que eso era una pasión que había mantenido oculta, sino pura retórica. Así que si escribía sobre el placer de disparar a una mujer en la cabeza, ¿por qué iba a suponer en cambio que era más verdad?

El matrimonio es un espejo, siempre le descubre a uno algo de sí mismo que habría preferido no saber. Al vivir con alguien, como al escribir, uno se delata. La historia que contamos también nos cuenta a nosotros nuestra propia historia, lo que no queríamos saber de nosotros mismos.

Los matrimonios no se rompen cuando uno conoce la verdad del otro y descubre que no es como esperaba; se deshacen cuando uno se conoce por fin a sí mismo y se encuentra con lo que en secreto temía que apareciera.

Para Carmen y Carlos todo sucedió muy deprisa. Entre el encuentro en el autobús y el primer beso en el Hispano pasaron tres días; entre aquel beso con los ojos cerrados y el primer polvo en el chalet de los padres de Carmen, en Alpedrete, una semana; entre aquel polvo y el matrimonio en la calle Pradillo, cuatro meses.

Del autobús al Hispano les llevó la llamada de Carlos; del Hispano a la cama, la curiosidad impaciente; de la cama al juzgado, cierta idea de sí mismos que les separaba de todos los demás y de sus propias vidas, tan incómodas como la ropa de otro.

Carlos tenía entonces treinta años y su padre había muerto cuando él era niño. Dicen que todos los hijos de viuda se parecen, sienten el mismo miedo a la pobreza y esa confianza en su propio esfuerzo que les hace creer que no le deben nada a nadie y les castiga con una rigidez de carácter insoportable para los demás.

Era un tipo casi de otra época. Había estudiado el bachillerato en academias, al salir del trabajo, y luego se había licenciado en Filología Hispánica por la UNED y, en 1996, cuando se conocieron, llevaba un año dando clase de lengua y literatura en un colegio privado de Los Molinos. Al final, todo aquel esfuerzo, suyo y de su madre, había desembocado, sin que él lograra comprender por qué, en el colegio Las Nieves y en llevarse a la cama a la más infeliz de sus alumnas, Yolanda, una mocosa ordinaria y malévola, echada a perder, su pesadilla.

Carmen tenía entonces veinticuatro años, había terminado Empresariales y vivía con sus padres en la calle Zurbano. Acababa de empezar a trabajar en la editorial y también se sentía incómoda, a la espera de un acontecimiento que la rescatara de sí misma y de su vida previsible de niña de familia bien.

Ahora, con sus treinta y ocho años, en pijama, al recordar aquella tarde en el Hispano, se preguntaba qué vio entonces en Carlos para convertir su aparición en ese acontecimiento.

Me enamoré, así se lo contaba ella, me enamoré como una colegiala. Le complacía pensar que lo que le atrajo de él fue su fuerza, esa necesidad que Carlos sentía de hacer algo grandioso. Tanto ímpetu y tanta confianza en sí mismo tenía que la besó la primera tarde.

Olvidaba, sin embargo, que a los treinta años Carlos, aunque inédito, era un autor, nada menos que un poeta, y para ella, fascinada por el mundo editorial, la promesa de otra vida más intensa y valiosa. Era brillante y muy inteligente, pero además era guapo y oscuro, casi peligroso. No muy alto, pero delgado y con facciones duras y aire soñador. La atracción física, Carmen no la recordaba o ni siquiera la vio, así que se decía, como es costumbre, que lo primero que le gustó de él fueron sus manos, su voz o su forma de mirar.

En cuanto a esas cosas que tanto les unían, apartándoles de los demás, eran entelequias, como ese amor a la naturaleza que Carlos acababa de improvisar, la convicción de no ser lo que parecían o esa fe en el arte que no era más que fe en sí mismos.

Carlos Mendoza fue, según lo veía ella ahora, su travesura, una trastada de niña buena que se siente atraída por un chico malo. En realidad, era mucho más lo que les separaba que lo que les unía: la edad, la educación, el ambiente familiar, lo que cada uno esperaba de su vida. Carlos estaba a tanta distancia de ella que producía eco: esa respuesta de un alma gemela no era más que su propia voz, la resonancia de sus propios deseos.

Carlos le fue contando que era huérfano y poeta, profesor en un colegio y montañero, le dijo que vivía solo en Los Molinos, aunque admitió que salía con alguien, una de sus alumnas, y añadió que quería dejarlo cuanto antes, porque se sentía atrapado.

Cuántas dificultades: Carmen estaba entusiasmada, porque querer a quien menos nos conviene nos convierte en héroes y pone nuestros sentimientos fuera de discusión. Más que de otra persona, Carmen se enamoró de sí misma, de la visión de sí misma que iba unida a enamorarse de Carlos Mendoza, poeta pobre y autodidacta.

Ella le confesó que amaba la poesía y le escuchó recitar, y creyó en él. Carmen era interesada sin saberlo; él era cobarde y lo sabía. Ella se veía a sí misma al lado del gran poeta, del genio al fin reconocido, la musa, la inspiración, la compañera.

Y si después su matrimonio era complicado y turbulento, más a su favor, porque así eran las relaciones que valían la pena. A esa edad, antes de la pasión escandinava y razonable, Carmen tenía una sensibilidad romántica: le atraía lo accidentado, el mar con oleaje, el cielo con tempestad, la montaña cuando tenía hondos barrancos o rocas escarpadas.

Ahora, catorce años después, los poemas de Carlos le inspiraban compasión, cuando no le daban risa. Tantas cumbres azules, tanto arbusto en flor, tanto pino piñonero, menuda matraca. ¡Y su «aliento acribillado»! De Cutty Sark sería, porque Carlos, en cuanto abría la boca, echaba una vaharada de whisky que tumbaba. Bebía para aprender, según decía él, y leía para olvidar.

Aquel primer fin de semana en Alpedrete Carmen y Carlos follaron tres veces, el sábado por la noche, el domingo por la mañana y otra vez a media tarde, en el sofá, con el fuego encendido. Carlos tenía la lengua dentro de su boca; la polla, en su coño; y el dedo índice, en su ano; y en todas partes se agitaba al mismo ritmo, que iba acelerando poco a poco. Carmen se sentía feliz, quería jadear, le arañaba la espalda y, a horcajadas sobre él, empujaba con las caderas, cada vez con más fuerza.

Dicen que los matrimonios sin hijos se quieren más. En su caso quizá fuera cierto, porque los problemas aparecieron cuando dejaron de ser una pareja y se convirtieron en una familia. Desde que nació Jorge.

Ya no sentía frío. Encendió un cigarrillo, se tapó las piernas con la manta y volvió a abrir el manuscrito. Entonces sonó el móvil. Cuando lo sacó del bolsillo la llamada ya se había interrumpido. Una llamada perdida.

Era de su hijo. Llamó ella, pero el teléfono estaba «desconectado o fuera de cobertura». Miró el reloj: ya eran las ocho y veinte.

Decidió no asustarse, no pensar en ello y seguir leyendo.

Ahí lo tenía Riquelme, ese era el Letrado, tan distinguido, apoyado contra el tronco de un árbol, una de esas acacias espinosas con hojuelas aovadas que se plantan en los paseos. Llevaba un periódico tapándole la cara, su traje gris marengo, la corbata discreta y los zapatos ingleses de cordones. Ninguno de los camareros del Hispano se habría atrevido jamás a mirarle por encima del hombro.

Estaban citados en Riofrío, al lado de la Audiencia Nacional, pero resulta que se refería al exterior de la cafetería, en la ancha acera de la calle Marqués de la Ensenada.

Siempre complicaba las cosas el Letrado, era un perfecto caballero.

—Estaba dentro —el tono de Antonio Riquelme oscilaba, efectuando movimientos de vaivén, entre la disculpa y el reproche.

—Tengo el coche en doble fila. Y tú tienes mala cara, Toni, muchacho.

—Hoy no he dormido.

Don Sebastián Cárdenas, el Letrado, abrió la puerta del pasajero, dejó pasar a Riquelme y luego se puso al volante del Mercedes.

—¿Adónde vamos?

Como de costumbre, el Letrado dio por no oído lo que no le interesaba y respondió con una interrogación:

—¿Qué ha pasado, Toni?
—Tengo una pipa —intentó sacarla del bolsillo.
—Quieto. No me la enseñes, ¿de acuerdo? El aire fresco te sentará bien.

Aparcó a la puerta del Retiro.

A Riquelme le irritaba todo aquello, tanto hablar en parques, como si fueran espías de película, no dejar que les vieran juntos en público, no levantar la voz ni perder la calma, reprimir la reacción espontánea y sobre todo no poder enseñarle su pistola, aunque comprendía que ahora jugaba en otra división y había que ser profesionales.

Entraron en el parque y el Letrado le condujo por el Paseo de Coches, mientras le explicaba lo agradable que era el Retiro las mañanas laborables, sobre todo en otoño. Se sentaron en la plazoleta frente a la estatua del general Martínez Campos.

—Mírala bien, muchacho, qué extraña estatua ecuestre. Qué poco marcial, qué poco heroico. Parece un derrotado, un soldado vencido que se retira y ni siquiera tiene una patria a la que volver. Mira, deja las riendas sueltas: que decida el caballo. Mira las mangas vacías del capote que lleva sobre los hombros, con un solo botón abrochado. En ese vacío, en esa ropa sin cuerpo dentro, hay más tristeza de la que se puede contar con palabras. Mira el uniforme arrugado, las botas salpicadas de barro, tal vez de sangre. El general no saca pecho ni se pone firme, está agotado, tiene la barriga hinchada. El caballo no levanta la cabeza, está derribada, vuelta hacia atrás, se ha detenido; mírale las patas, no puede dar un paso más.

—Se está espantando un tábano.

—¿Un tábano? ¿Tú crees, muchacho? —se asombró el Letrado—. Serán las moscas de los cadáveres.

El Letrado le aseguró que eso que veían, aquella escultura de Benlliure, era el resultado de todas las batallas, tanto si se ganaban como si se perdían. Siempre acaban igual, en la mirada pétrea y melancólica del hombre a caballo sobre los muertos; en el olor de la sangre y la carne, en la nube de moscas zumbando sobre las heridas. Ese era el resultado de todos los esfuerzos, le dijo. Luego le advirtió: cuando yo te diga que quedamos en Riofrío, ya sabes adónde tienes que ir. A Riofrío no. Aquí. Es un sitio tranquilo.

—¿Y si está lloviendo?

El Letrado no le oyó y respondió con otra pregunta:

—¿Qué es lo que querías decirme? Aquí se puede hablar.

Riquelme recapacitó y cayó en la cuenta de que había dicho una tontería. Si llueve, me mojo. O traigo paraguas.

—Que ya tengo una pistola.

—El objeto no tiene la menor importancia. Tú no has comprado un arma, tú has adquirido un nuevo estado de conciencia, ¿me comprendes, hijo?

—Creo que sí.

—¿Ya estás preparado?

Le dijo que sí, que estaba decidido a hacer algo grandioso, imponente, aterrador incluso, pero que causara gran impresión por su belleza o significado. Don Sebastián le repitió que la herramienta era lo de menos. No había ninguna diferencia entre utilizar una pistola o una empresa, era lo mismo una navaja que una fábrica, una escopeta que un despacho. Herramientas distintas, que servían para lo mismo.

—Eso sí, una pistola es mucho más barata —reconoció el Letrado—. Está al alcance de cualquiera con doscientos euros.

—Cuatrocientos —dijo Riquelme, descontando el pico de cincuenta euros.

—¡Cuatrocientos! Te han engañado, muchacho. En fin, lo que quiero que comprendas es por qué una automática es más barata que un despacho de abogados o una entidad financiera. Por dos razones, chaval. Una: que es mucho menos efectiva. Y dos: que tiene mucho más riesgo. ¿Me comprendes? Si pudieras tener un banco en lugar de una pistola, conseguirías mucho más sin exponerte a ningún peligro.

—No hay ninguna diferencia entre atracar un banco y fundarlo.

—Sin duda, pero eso es sólo desde el punto de vista moral. Legalmente sí que la hay. Mucha diferencia. Por eso mismo tu decisión debe ser firme.

—Estoy dispuesto a todo, señor.

El Letrado comprobó, sin embargo, que no eran tantas las acciones, hazañas, fechorías, gestas o proezas que Toni Riquelme estaba dispuesto a llevar a cabo: no quería ni oír hablar de bancos, las joyerías le aterrorizaban, los furgones blindados los juzgaba inaccesibles y despreciaba el robo de automóviles.

—No me importa matar a quien sea, señor.

—Claro, muchacho, pero el asesinato no da dinero, salvo por encargo.

—Lo que sea, cualquier cosa —se obstinaba Riquelme para probar su buena voluntad.

—Como no sea un secuestro... —sugirió el Letrado.

—¡Conozco a una víctima! —se entusiasmó de pronto Riquelme, con la alegría de quien ha encontrado por fin la solución a todos sus problemas—. No se me había ocurrido, pero se trata de una víctima innata.

Su noche en vela, la rencorosa búsqueda de información sobre Beatriz Pancorbo, acababa de rendir un fruto inesperado.

Le contó al Letrado lo que sabía: que tenía veinticuatro años, soltera, hija de Benito Pancorbo, el propietario de la empresa de mensajería y transporte Quick.

Al Letrado le interesó: Pancorbo era un hombre rico, pero sin las medidas de protección que tenían los grandes empresarios, los políticos o los constructores.

—¿Ella te conoce? ¿Te ha visto la cara?

—Sí, me conoce.

El Letrado le dijo que entonces él no podía participar en el seguimiento del objetivo. Pero para eso estaba Almond, sugirió Riquelme.

—De acuerdo. Almond. Necesitaremos a un tipo duro, alguien como el Tuercas. Todos del barrio, todos buenos chicos. Y una mujer que se ocupe de la casa. Alguna vez tendréis que llevar calzoncillos limpios y comer algo que no salga de un envase de plástico. Puede venir tu novia.

—Trini no es mi novia.

—Mejor todavía. Dame una semana. Déjame los contactos, organizaré a los chicos y avisaré a esa mujer, la que no es tu novia. Tú descansa y ponte en forma. Te avisaré.

—Estoy dispuesto a todo.

—Muchacho, esto es un trabajo de equipo, ¿de acuerdo? —Riquelme asintió—. Tú eres como un hijo para mí, ya lo sabes, pero ahora el jefe soy yo, eso tiene que quedar claro desde el minuto cero, ¿estamos?

Estaban.

—Nos separaremos aquí, es más seguro —anunció el Letrado.

Así que ahí le dejaba tirado, con un palmo de narices, a la sombra del desvencijado general de bronce y su caballo cubierto de moscas. Ahí le dejaba, pero él se iba en coche. Un Mercedes.

De ocho letras, el 2 horizontal, con una o de colisión. Confuso o vacilante; sin saber qué pensar, cómo salir de una situación embarazosa o cuál elegir entre varias cosas o decisiones posibles.

Perplejo. Así se sentía Carlos Mendoza al llegar a Cercedilla con su hijo Jorge. Necesitaba otra copa.

Las costumbres de los bebedores se parecen a sus prendas de ropa: no combinan entre sí; son llamativas, pero inapropiadas; y consiguen que hasta ellos mismos se pregunten de dónde las habrán sacado, como si pertenecieran a otro, a un desconocido, alguien con más entusiasmo y menos remordimientos.

Cada vez que bebía acababa enfadado con su hijo y luego se sorprendía: cómo habían podido llegar a ese punto. Tenía razón: a Jorge le faltaba carácter y su responsabilidad como padre era hacer de él un hombre.

Siempre había sido así, débil. Desde pequeño fue uno de esos niños que sangran por la nariz aparatosamente, los que se destapan por la noche para acatarrarse y se marean cada vez que montan en autobús. Su padre tuvo que deshacerse de su muñeco favorito, un conejo de peluche, cuando tenía tres años. Lo tiró a una papelera sin que se enteraran ni Jorge ni su madre. Sabía que, el día que se perdiera el muñeco, su hijo iba a llorar sin consuelo. En cambio, si su padre elegía el momento de la pérdida, conseguiría endurecerle. Y así fue, no protestó en absoluto, empezó a hacerse hombre.

En manos de su madre, que se lo consentía todo, el

chico estaba volviéndose blando, mimado, caprichoso y despótico. Con decir que ni siquiera podía aguantarse el pis. Nunca lograría adelgazar ni dejaría de empezar una nueva dieta cada seis meses. Era débil, tramposo y egoísta, sí, pero Carlos le quería. Veía sus defectos mejor que nadie, pero también alcanzaba a ver, por debajo de ellos, al trasluz, sus torpes, penosos intentos de ser querido, sus afanes para merecer la aprobación de su padre.

Le quería, claro que le quería: por eso mismo iba a hacer de él un hombre. Lo que nadie veía eran sus sufrimientos, los de Carlos. Le trataba con severidad por su propio bien. Él era el que tenía que hacer de malo. Lo fácil era concederle a Jorge todos sus caprichos y tener la fiesta en paz. Muy fácil, sí, pero entonces ¿qué iba a ser del chico? Acabaría igual que su madre, que lo tenía todo, incapaz de compartir nada, ni siquiera a Jorge. Cuida a mi hijo, había dicho ella, como si el chico no tuviera un padre.

Desde el primer día en el chalet de Alpedrete, Carlos se había enamorado de Carmen tanto como de todas sus cosas, desde la gargantilla de oro a la librería de roble, las bragas de seda, los botes de especias de la cocina, el edredón de plumas, las pecas en sus pechos y en sus pómulos, el exprimidor de zumo, su postura al dormir, la esponja de crin en la bañera, su forma de doblar la ropa nada más quitársela, sus pezones desiguales, el sofá frente a la chimenea y esa autoridad que tenía para ensimismarse, como si la realidad de los demás se interrumpiera, obligada a contener la respiración hasta que ella acabara de leer el periódico o de doblar la falda que se acababa de quitar.

Antes de que naciera Jorge, Carlos abandonó el colegio y a Yolanda, después de convencerla para que abortara. Y ella abortó y se quedó sola. Y sólo tenía diecisiete años: nunca llegó a terminar el bachillerato.

Y fue Carmen la que le impulsó a deshacerse de esa vida que él no creía merecer. Sin Carmen jamás habría podido ni habría querido de verdad librarse de Yolanda, de su conversación sobre enfermedades de parientes, de su embarazo de tres semanas, de los pantalones pitillo, de su inocencia corrompida y de esos pezones como avellanas, con una turgencia casi hostil, que a veces le daba lástima apretar entre los labios.

Tantos años después, había vuelto con Yolanda y ahora tenía por fin una oportunidad de recuperar a su hijo y de protegerle del amor de su madre.

Consultaron los horarios del tren de vía estrecha que subía de Cercedilla a Cotos. El próximo no saldría hasta las doce y media. Tiempo de sobra para tomar otro whisky.

—¿Tienes hambre? —preguntó Carlos con un tono de voz cordial.

—Un poco.

—Te voy a invitar a un buen desayuno, un almuerzo como Dios manda —le puso la mano en el hombro.

Jorge parecía indeciso, también perplejo, y atemorizado, como si no se fiara del cambio de humor de su padre.

Sacaron los billetes y se metieron en el bar de la estación. Carlos pidió un tercio de cerveza y un bocadillo de tortilla; Jorge una fanta de naranja y un sándwich mixto.

Jorge masticaba con la boca abierta y durante un tiempo demasiado prolongado. No era tan difícil tragar, no había razón que justificara triturar los alimentos hasta convertirlos en una papilla. Salvo que el motivo fuera precisamente ese, dar marcha atrás, regresar a los potitos de su infancia, volver a ser lo que nunca había dejado de ser del todo: el niño de su mamá. Carlos no estaba seguro de que aún no siguiera durmiendo con su madre uno o varios días a la semana. Hasta los doce años había dormido con ella casi todos los días, Carlos lo sabía. Que si tenía miedo, que si le dolía la tripa, que si sangraba por la nariz, que si hacía mucho frío, que si tenía pesadillas. Por una u otra razón, Carmen siempre acababa cediendo y aceptaba que se metiera en su cama. A partir de los trece, si le preguntaba, el chico le respondía que ya no lo hacía nunca, pero Carlos sabía que estaba mintiendo. Le daba vergüenza, así que él había dejado de interrogarle.

Su hijo era un caso de crecimiento interrumpido y él sabía cuándo se había producido el cortocircuito: en el año ciego.

Así llamaba Carlos a 2004. Durante todo el año, desde que se hicieron efectivas las medidas provisionales que solicitaron Carmen y su abogada, sólo vio a su hijo una vez al mes, en el Punto de Encuentro Familiar, siempre en presencia de dos testigos, una asistente social y un psicólogo. El PEF era una dependencia administrativa en la calle Jordán, una sala con juguetes rotos, mesas de formica y sillones modulares. Los encuentros duraban dos horas y eran tan entristecedores que el padre y el hijo no paraban de mirar el reloj, impacientes por que aquello acabara de una vez. A menudo el psicólogo y la asistente les dejaban a solas durante treinta o cuarenta minutos: no sabían qué decirse y Jorge clavaba la vista en la mesa. Al final, el niño se iba con su madre y Carlos se sometía a la entrevista del psicólogo. En dos ocasiones, la visita mensual no pudo efectuarse porque el PEF afirmaba encontrarse saturado.

Un año después, cuando a Carmen le dio la gana, terminó la pesadilla judicial, y vinieron años tuertos, en los que veía a Jorge en fines de semana alternos.

El chaval, ese niño gordinflas que se sorbía los mocos a la vez que masticaba el sándwich, era un producto exclusivo de su madre, a su imagen y semejanza. Carlos era inocente, la víctima inocente, un buen padre al que ahora se le entregaba, para pasar unos días de acampada, un chico de catorce años, prácticamente un hombre, tan echado a perder que ni siquiera podía aguantarse las ganas de hacer pis.

Él se había propuesto devolver un hombre hecho y derecho.

Un padre, la vida de cualquier padre, era pura fatalidad ineluctable, ciega necesidad, destino opaco y vertiginoso. Un padre era como una proteína, cumplía a cierra ojos con un mandato del que lo ignoraba todo, hasta el desenlace, que siempre era desconocido para el individuo, aunque la especie ya lo tuviera previsto.

Eran los hijos los únicos que tomaban decisiones.

Seis años tenía Jorge cuando tomó partido en contra de su propio padre. Y todo por una simple bofetada. Fue un señor tortazo, el niño perdió el equilibrio, cayó al suelo y se hizo una herida en la frente contra el canto de un aparador.

Le salió sangre.

Su madre lo cogió en brazos, eso fue lo peor. El niño dejó de llorar y le dirigió una mirada a su padre, una sola, pero fue suficiente. Ni siquiera había en esa mirada hostilidad o rencor: sólo distancia. De pronto le miró desde muy lejos. Pertenezco a mi madre, eso decían sus ojos: tú no eres más que un extraño.

Carlos se dio media vuelta para no pegarle de nuevo.

En la mirada fugaz que cruzó con Carmen vio lo mismo, la misma distancia: ahora has dejado las cosas claras, hay dos lados, nosotros dos, mi hijo y yo, estamos aquí; tú estás en otro sitio, estás fuera. Nosotros dos y tú.

Se acercó a la ventana del salón y apartó el visillo. El cristal estaba frío. Debajo, en la parada de autobús, había un grupo de chicas con uniforme de colegio. A su espalda, Jorge se había quedado dormido en los brazos de su madre.

A partir de ese día, cuando Jorge sólo tenía seis años, la madre y el hijo comenzaron a vigilarle. Cada vez que volvía la cabeza, uno de los dos estaba mirándole, y le miraban sobreponiéndose al miedo, dispuestos a actuar en defensa propia.

No podía soportar esa vida ni sus miradas al otro lado de un cristal, ni siquiera sabía si era él quien estaba solo y fuera o encerrado en el interior.

Él también empezó a vigilar. Se despertaba a medianoche y miraba dormir a Carmen. Si es que estaba dormida y no se hacía la dormida. Se preguntaba por qué escondía la cara, por qué dormía boca abajo, qué era lo que pretendía ocultar. Imaginaba una sonrisa calculadora, una mirada oscura o el gesto arrogante de quien ha decidido cumplir un deseo secreto sin retroceder ante nada. Imaginaba sus labios abiertos, los dientes rozando la funda de la almohada, mojándola de saliva caliente. Carmen solía dormir con una pierna doblada hacia fuera. Su cuerpo desprendía demasiado calor, la temperatura de una madriguera o el escondite de un animal de presa.

Luego Carlos atravesaba a tientas el pasillo hasta la habitación de su hijo. Jorge dormía de medio lado, con las rodillas juntas y las dos manos bajo la sábana. Su hijo roncaba. Se movía sin parar, agitado por visiones como relámpagos. A Carlos le daba por pensar que podría no volver a despertarse. Lo imaginaba muerto en su sueño y no podía evitar una sensación culpable de alivio a la que siempre seguía un espanto helador que le obligaba a abandonar la habitación.

Volvía entonces, desde el día de la bofetada, a la ventana del salón que daba a la calle Zurbano. Apretaba la frente contra el cristal y contemplaba la acera desierta, atravesada por luces repentinas y sirenas lejanas, y pensaba en su hijo y en su mujer dormidos, con sus sueños abrazados en un lugar al que él no tenía acceso, y miraba pasar coches y aquello era todo, no había nada más, eso era su vida.

Era la misma ventana a la que se había acercado con Jorge en brazos cuando era un bebé, y había dicho: si ahora te soltara, dejarías de existir.

El niño no había corrido ningún peligro: la ventana estaba cerrada. Sin embargo, sin comprender nada, Carmen se lo quitó y lo llevó a su habitación.

En la farola, al lado de la parada de autobús, se amontonaban insectos furiosos, aleteando apretados unos contra otros, enjambrados hasta formar una espesa malla, algo muy parecido a una bola de pelos sacada de un desagüe, algo que estuviera destinado a impedir el paso de la luz para dejar por fin el mundo y su propia vida a oscuras y en silencio.

Los dos disimulaban, el niño y ella. No se consentían la más mínima distracción. Permanecían alerta, en guardia, pendientes de él.

Él intentaba tomar precauciones, pero a menudo los

perdía de vista. Carmen desaparecía en la editorial, en cenas de trabajo, en viajes a Barcelona. Jorge también había aprendido a evitar su mirada, a ponerse a salvo, donde no le alcanzaran los ojos de su padre. Al fin y al cabo, ellos eran dos: se ocultaban el uno al otro.

Era Carlos el que estaba solo, desprotegido, expuesto, sin un lugar en el que encontrar refugio. Era él el que estaba fuera, al otro lado del cristal, y por eso al final consiguieron echarle.

Ahora, siete años después, por fin tenía una oportunidad de recuperar a su hijo. No podía desaprovecharla. No podía rendirse y entregárselo a Carmen, esta vez para siempre. También era su hijo. Le quería. Quería a ese chico difícil que estaba al otro lado de la mesa, comiendo un sándwich mixto con lentitud exasperante, pero que al parecer era la velocidad óptima, según los médicos y su madre. No se le podía decir nada al respecto.

Ahora, sin embargo, tendría que darse prisa: faltaba poco para la salida del tren.

—Date prisa, que lo perdemos —le dijo—. ¡Y deja quieta esa pierna, por Dios!

—¿Qué pierna? —Jorge se inmovilizó, con el segundo triángulo de sándwich a mitad de camino hacia su boca.

—Me saca de quicio. Siempre estás moviendo la pierna como si bailaras. Es enloquecedor, hijo.

Carlos pagó. Tras el bocadillo y la cerveza, se había tomado dos whiskies en el mismo tiempo que su hijo empleaba para comerse un simple sándwich.

Volvieron a subir al tren.

No sabía dónde tenía la cabeza, se le iba sola, llevada por el viento.

O la novela perdía fuerza o ella perdía concentración.

No se había repetido la llamada de Jorge, y Carmen se puso un plazo, llamaría a las diez de la noche. Le entraron ganas de servirse otro dedo de whisky, pero el recuerdo de Carlos la obligó a contenerse. A lo mejor más tarde, si cenaba algo.

Se asomó a la ventana. En la parada de autobús una pareja se besaba. Hacía mucho viento, las ramas se agitaban con violencia y había llovido. A la luz de la farola, la acera brillaba como un pómulo por el que resbalaran lágrimas.

Había algo en lo que había leído que le hacía sentirse agredida, no sabía qué. Estaba, por supuesto, ese tal Sebastián Cárdenas, el Letrado. Saltaba a la vista que era el padre de Carmen. Era tan evidente que sólo podía pensar que Carlos lo había hecho a propósito. Para fastidiar. Por venganza.

Ninguna buena acción queda sin castigo y en realidad fue su padre el que financió la publicación de *La luz azulada*. El suegro de Carlos, que le quería como a un hijo.

Poco después se puso enfermo, un cáncer de páncreas

que acabó con él en menos de dos meses. Murió en el chalet de Alpedrete, en su cama, después de la comida. Ella estaba en el comedor, con su madre; Carlos había ido, como de costumbre, a tomarse la copa a la habitación del enfermo, a darle conversación y a leerle alguna noticia del periódico. Apareció cinco minutos más tarde en la cocina, donde su madre y ella recogían los platos, venía descompuesto, le temblaban las manos y sólo dijo: está peor, ya he llamado a Urgencias.

Fueron corriendo por el pasillo, primero la madre, luego Carmen, Carlos el último.

Su padre estaba boca arriba, agitaba el brazo derecho de forma mecánica, su respiración era un estertor y tenía los ojos abiertos, pero las pupilas brillaban vidriosas, inmóviles y cada una apuntando a una dirección diferente. Agonizaba. Parecía que intentara destaparse, quitarse de encima la sábana con el brazo; parecía un esfuerzo por absorber más aire; parecía que intentara mantenerse despierto. Pero sólo quería morir, terminar por fin, luchaba para conseguir morirse. Se enfrentaba a la tenacidad de su cuerpo, a su resistencia, a la obstinada voluntad de no ceder que mostraban sus células y sus órganos. Él no aguantaba más, sólo buscaba acabar de una vez, doblegar a la carne testaruda, obligarla a rendirse. Cada vez que conseguía arrancarse la sábana, la madre de Carmen volvía a cubrirle. El brazo, maquinal, con la mano rígida, intentaba apartarla otra vez, como si la sábana fuera un monstruoso insecto que se le hubiera subido encima.

Mirarle dolía, pero Carmen no podía apartar la vista de sus ojos y sus labios, como si confiara en unas últimas palabras y una mirada cómplice. En las comisuras de los labios de su padre se había acumulado saliva reseca, tan endurecida ya que, si hubiera intentado decir algo, se habría desgarrado la boca.

Carmen examinó aquella habitación en la que su padre había pasado casi dos meses. La persiana estaba echada y la luz de la mesita de noche era amarillenta, cerúlea, pegajosa como la saliva. Entonces la sobresaltaron el clic de la cámara y el deslumbramiento del flash.

¿Cómo había sido capaz? Eso era lo que se preguntaba ahora, con el manuscrito abierto sobre las piernas, pero en el momento no dijo nada y se conformó con la explicación de Carlos: era un acto de respeto, un homenaje, igual que en otros tiempos se hacían mascarillas mortuorias, él sólo quería conservar el recuerdo del momento más solemne y culminante de una vida.

Qué idiota había sido. ¿Cómo no se dio cuenta de que aquello era obsceno? Aceptó las explicaciones de Carlos como aceptaba entonces lo que él le imponía. Eso era el amor. Se recordó a sí misma feliz, con Carlos empujando hacia su interior a la vez con la lengua, el dedo y la polla. A ella le parecía violento y desagradable, casi una representación teatral, pero se dejó convencer de que era amor, el deseo de unirse a ella, de formar parte de su cuerpo.

Se preguntó dónde estaría aquella foto de su padre muerto o a punto de morir. Sintió la necesidad de volver a verla.

Se subió a una silla para alcanzar la caja de cartón en el altillo del armario. Cuando abrió la tapa recordó que había consentido que Carlos le hiciera fotos desnuda. También lo había olvidado. Las mejillas y las orejas se le pusieron rojas y sintió rabia. Le costaba creer que hubiera sido tan tonta y que hubiera sido capaz de borrarlo de su memoria. Decidió que necesitaba el whisky. Se lo merecía. Sólo dos dedos.

Reconoció la funda de plástico amarillo. Allí estaban las fotos de su padre muerto. Un carrete entero, a partir de aquella primera foto ante la que no supo decir que no. Carlos había hecho más fotos en la cama, otras mientras se llevaban el cadáver en un furgón, y al día siguiente fotos de su padre en la caja, y más fotos en el cementerio, y hasta una foto de la lápida recién colocada, con el yeso aún fresco, rebosando entre las junturas.

Había muchas otras fotos en la caja: varias fiestas de cumpleaños de Jorge, viajes, un día en el zoo, todas antiguas, anteriores a las cámaras digitales y los teléfonos móviles, cuando aún había carretes y las fotos se llevaban a revelar y luego se ponían en álbumes o se guardaban en cajas, en sobres o entre las páginas de un libro, donde aparecían años después, el día menos pensado, como mensajes en una botella.

No encontró las fotos que Carlos le había hecho desnuda. Le costaba recordarlas, sentía náuseas. Súbete las tetas con las manos. Clic. Así, muy bien. Clic, clic. Tócate. Clic. Eso es. Sonríe. Clic. Abre más las piernas. Clic. Ponte a cuatro patas. Clic. Genial. Clic, clic. Levanta un poco el culo. Así. Clic. Separa las rodillas. Clic. Fenomenal. Clic. Gira la cabeza, mírame por encima del hombro. Clic.

Esa noche Carmen se fue a dormir al sofá. Al día siguiente él le pidió perdón, pero ahora se daba cuenta de que se había llevado las fotos. Qué asco. Imaginó a Carlos mirando las fotos y sintió furia. Imaginó el apartamento que Carlos tenía alquilado en la avenida del Mediterráneo. Nunca había estado allí, sabía que era pequeño y que Carlos vivía solo, aunque Yolanda apareciera con frecuencia. Sabía que, desde que dejó el colegio de Los Molinos, seguía trabajando en el departamento de prensa en el Museo del Ejército. Fue su padre el que le consiguió ese empleo, con un sueldo escaso, pero con tiempo libre para que pudiera escribir por fin su obra maestra, esa novela en la que le ridiculizaba con el disfraz del pelmazo del Letrado. Imaginó la vida de Carlos, tan oscura, una vida partida por la mitad, destruida por ella y por Natalia Garvía, la abogada joven y ambiciosa.

¿De verdad lo habían hecho bien, muy bien? Pensó en la vida de Carlos y también en la suya. Cuánto daño se habían hecho el uno al otro.

Se preguntó si en ese apartamento, a solas, Carlos se haría pajas mirando sus fotos, las antiguas fotos de su ex mujer desnuda.

La rabia volvía. Contra Carlos y contra sí misma. Nunca debería haberle permitido que hiciera esas fotos, en primer lugar, pero al menos tenía que haberle exigido luego que le entregara todas las copias y los negativos, y tenía que haberlos destruido, en lugar de irse al sofá a llorar como una estúpida. Ahora se sentía sucia, además de estúpida. Sin darse cuenta, se había bebido ya la copa. Eran las diez y media. Marcó el número de Carlos, sólo para oír el mensaje grabado: «El número al que llama está desconectado o fuera de cobertura».

Llamó al teléfono de Jorge con el mismo resultado.

Le envió un SMS a su hijo: «Te quiero mucho, hijo».

Se dijo que no había ningún motivo para ponerse tan nerviosa. Era una mujer razonable, sensata, con la cabeza en su sitio. Estaban en la montaña, no tenía nada de raro que no hubiera cobertura. Se preparó un sándwich de jamón y queso con un vaso de leche. No quería emborracharse, estaba intranquila y se odiaba a sí misma por haber consentido que su padre se llevara a Jorge tres días de excursión.

Recogió la mesa y, ahora que ya no tenía el estómago vacío, se sirvió otro whisky. Aún podía leer un poco más antes de acostarse.

Eran pasos furtivos y cuidadosos, como los de ese chaval que llega de madrugada y no quiere despertar a su madre, aunque siempre acabe por dar un traspié y la madre se levanta y comprueba que el chico ha vuelto a las andadas, otra vez con las pupilas como chinchetas y las mangas de la camisa bajadas hasta el puño.

Oyó el crujido de las bisagras y la voz de Almond que decía: quietecita, muñeca, tómatelo todo. Riquelme sabía que era un somnífero disuelto en zumo. O los tabiques eran de papel o él estaba demasiado sensible: creía oír el contacto del vidrio con sus dientes, el esfuerzo de su garganta para beber y la contracción de sus vértebras dorsales cuando Almond le ordenó: ahora tumbadita, si te portas bien no te pasará nada.

Ella estaría de medio lado, con las rodillas contra el pecho, los pies juntos y los puños cerrados, despierta en la oscuridad de aquella habitación sin ventanas.

La cerradura hizo un ruido como el de una bajante o un desagüe. Era nueva, con tres vueltas de llave, la había instalado hacía dos días el propio Riquelme con el Tuercas, una vez que el Letrado les dio la orden de ponerse en movimiento.

En cuanto vio la cara de Almond supo que algo había ido mal. En una mano traía el bolso de la chica y en la otra sus zapatos, que eran unas sandalias sin tacones.

Muy mal, mucho peor todavía, se dijo al ver sangre en las botas del Tuercas, que venía de la cocina con una botella de Johnnie Walker y tres tazas, enganchadas por el asa con un solo dedo. Le temblaban tanto las manos que la loza tintineaba. Le preguntó qué había pasado.

—Ningún problema, todo ha ido como la seda —le respondió Almond.

Riquelme sabía que mentía. El Tuercas añadió:

—Lo único, que se ha meado encima.

—Eso es el miedo —explicó Almond.

—Pues no veas cómo me ha puesto, la muy zorra —evocó el Tuercas—. Casi me corro. Le resbalaba el pis caliente por los muslos abajo. Debía de tener las bragas empapadas.

Los tres permanecieron en silencio, bebiendo a sorbitos, como si las palabras del Tuercas les hubieran puesto en contacto con alguna desierta región de su espíritu a la que no tuvieran fácil acceso, pero de la que tampoco resultara sencillo salir sin daño.

—Habría que darle ropa limpia —dijo por fin Riquelme.

—Eso lo decidirá el Letrado. Obedecemos órdenes.

El Letrado había sido terminante: prohibido meter mano y prohibido quitarle una sola prenda de ropa, con excepción del calzado. Tenían que darle el somnífero y dejarla acostada y sólo debían coger su bolso y lo que tuviera en los bolsillos.

—La pega es que no había ni un solo bolsillo —explicó Almond.

—¿Cómo va vestida?

—¿Tú no tenías que estar dormido? —preguntó el Tuercas.

Esas eran las instrucciones: turnos de ocho horas con dos hombres de guardia permanente y uno dormido.

—Acabo de despertarme —mintió Riquelme y volvió a preguntar qué llevaba puesto.

—Un vestido con unas flores —dijo el Tuercas—. Unos geranios pequeños.

—Son violetas —corrigió Almond.

A punto estuvieron de llegar a las manos. Tenía razón Almond, eran flores moradas estampadas sobre la tela sin su tallo rastrero, aunque el Tuercas no conocía el nombre de otra flor salvo los geranios en maceta que adornan los balcones en compañía de la bombona de butano.

De agarrarse por los pelos o de emplear sus fuerzas o sus armas para imponerse, hacerse daño, arrebatarse la razón, inutilizarse o aniquilarse el uno al otro, les libró la llegada del Letrado.

—¿Quién no está durmiendo? —preguntó al ver a los tres en pie.

—Ahora le toca a Almond —delató el Tuercas.

De mala gana, Almond se fue a la habitación del fondo, con un whisky en taza para la mesita de noche.

—¿Cómo está la cautiva?

—Ha llorado, ahora duerme —respondió el Tuercas—. Y se ha hecho pis encima.

—¿Aquí? —el Letrado pareció alarmarse.

—En la calle. Se ha hecho pis de pie.

Riquelme se sintió abrumado.

—¿Y Trini? —preguntó don Sebastián.

—Ha bajado a la plaza, a comprar la cena.

Todos eran del barrio, casi una familia, ese era el problema: que habían vuelto al barrio, a ese piso alquilado en la calle Pedrezuela. Tras una vida entera luchando por salir de La Elipa, ahora volvía a estar Riquelme otra vez a pocos metros del cementerio, cerca de la casa en la que su madre le esperaba despierto cada noche para mirarle a los ojos y exigirle que le enseñara los brazos.

—Dame novedades, Tuercas —ordenó el Letrado.

El Tuercas explicó que había surgido un imprevisto, habló de complicaciones, mencionó una situación de emergencia. En pocas palabras, se habían visto obligados a cargarse a un tipo.

Riquelme se llevó las manos a la cara.

—Quiero todos los detalles —exigió el Letrado.

Almond y el Tuercas habían aparcado en doble fila delante del portal, en el número 11 de la calle General Álvarez de Castro. Tal y como esperaban, a las ocho y media apareció el Objetivo con el perro de la familia, que iba suelto. El ejemplar canino era minúsculo, despeluchado y asqueroso. El Objetivo llevaba un vestido de flores que, insistió el Tuercas, eran geranios. En ese momento apareció el Imprevisto, que adoptó la forma, muy voluminosa, de un joven de metro ochenta. Cuando el Imprevisto le pasó el brazo por los hombros al Objetivo, el Tuercas comprendió que se encontraban en presencia de complicaciones. Almond y el Tuercas encañonaron a la pareja y el Tuercas ordenó, como si en realidad hubiera acudido para rescatarla: tú, mamón, suelta a la chica. El Imprevisto le dirigió al Objetivo una mirada interrogativa, a la que ella respondió con gestos de ignorancia. Almond aprovechó aquel intervalo de duda para agarrar al Objetivo y apretar el cañón de su pistola contra su nuca. Si gritas, disparo, le advirtió. Y tú sal corriendo, mamón, le sugirió al Imprevisto. Este se convirtió entonces en la Situación de Emergencia, que sacó pecho y alzó la barbilla para decir, con lo que el Tuercas consideró innecesaria jactancia: suéltala ahora mismo, cobarde. Acompañó esta declaración de un impulsivo movimiento hacia Almond, aunque se vio interceptado por el Tuercas mediante un golpe seco. Le dio con el cañón de su arma entre los ojos, más arriba de la nariz. Todos oyeron con nitidez cómo se fracturaba el hueso. La Situación de Emergencia cayó al suelo y allí se quedó, boca arriba, agitando las piernas y tapándose la cara con las manos. El Tuercas se acercó y le dio una patada en la cabeza. Gritaba sin parar, lo que aconsejó al Tuercas seguir pateándole la cabeza hasta obtener su silencio. La Situación de Emergencia dejó de serlo y se quedó inmóvil, con los ojos abiertos y vidriosos, los dedos de las manos engarabitados y una sonrisa inútil que le daba la apariencia de quien está a punto de abrir un regalo. ¡Tú eres un hijo de puta!, resonó la voz de Almond. Ha sido sin querer, tío, se excusó el Tuercas, que estaba agachándose para limpiarse las botas con los faldones de la chaqueta del interfecto. El Objetivo, con su vestido de geranios o violetas, temblaba en los brazos de Almond. No puedes dejarle así, le advirtió Almond al Tuercas. Está muerto, tío. Nunca se sabe, igual sufre. El Tuercas se acercó y le disparó en la nuca a cañón tocante. Entonces fue cuando el Objetivo se hizo pis encima, de pie, en brazos de Almond. El Tuercas, conmovido, no podía apartar la vista de sus muslos mojados de tibia orina. Vámonos, tuvo que recordarle Almond.

El Tuercas se puso al volante y Almond se acomodó con el Objetivo en el asiento de atrás. Así llegaron, sin más incidente digno de mención, a la vivienda de la calle Pedrezuela.

—Formidable —comentó el Letrado—. Ya veo que

vosotros no os priváis de nada. Además de secuestro, asesinato.

El 7 vertical. De ocho letras. En plural. Así que acaba en ese. Tiene una pe de perplejo y hay una de, la de miedo. Que han extraviado el rumbo. Aplicado a personas, vicioso o libertino. Se aplica con el significado de completo a adjetivos o nombres de significado peyorativo.

Perdidos. En mitad de ninguna parte, seguían avanzando sin saber hacia dónde iban. El cielo estaba cada vez más cerca, descendía hacia sus cabezas apartando ramas de árboles, empujando a los pájaros en vuelo a manotazos; las hinchadas nubes casi les rozaban la frente y ellos caminaban con dificultad monte arriba, encajonados entre troncos y hojas, buscando la salida a través de un pasadizo sombrío, batido por las alas de pájaros que aullaban, punteado por las carreras de animales que estremecían los arbustos, erizado de zarzas que les arañaban brazos y piernas.

Querían subir, pero no podían evitar descender girando como en el interior de un embudo. Hacía ya más de una hora que los dos sabían que estaban perdidos, pero ninguno había dicho una palabra. Jorge tenía miedo, le dolían las piernas, le costaba respirar y, una vez más, se estaba haciendo pis.

El plan parecía sencillo, sólo tenían que cruzar del Pico Corito hacia la cumbre de La Estarcida, una travesía de un par de horas, casi llana, por el desfiladero de los Vaquerizos. Una vez en La Estarcida, les bastaría bajar quinientos metros por la vertiente oeste para llegar al refugio.

En el Pico Corito localizaron sin dificultad el camino

de los Vaquerizos, una senda de tierra abierta entre pinos. A lo lejos se veía la cumbre rocosa de La Estarcida con sus dos lúgubres agujas. Primero se cerró el cielo, las copas de los árboles se unieron unas a otras cubriendo el camino con una capota vegetal que no dejaba pasar la luz. Se hizo de noche como en un túnel y perdieron todo punto de referencia, sólo veían troncos de pinos en las tinieblas, hasta que se dieron cuenta de que estaban descendiendo demasiado y demasiado deprisa. No había duda de que habían abandonado la travesía que llevaba de una a otra montaña ni de que ahora iban cuesta abajo, hacia el valle, aunque ni siquiera sabían si aún desembocarían en el collado de la Quebrada, entre el Pico Corito y La Estarcida, o si se habían desviado ya hacia la otra vertiente, rumbo a la Forada, al Trotero o incluso al valle del Carión. Ni siquiera avanzaban ya por ningún camino, cruzaban un bosque oscuro en el que iban tropezando con raíces desenterradas.

—Hay que volver a subir. Ya hemos bajado demasiado —dijo el padre.

Sí, pero por dónde, hacia dónde, si no se veía nada.

El padre se sentó en el tronco de un árbol y el hijo, después de hacer pis, le imitó, agradecido. El chico estaba agotado. Parecía que estuvieran atrapados en el vértice de un cono, inaccesible como el fondo de un cucurucho de helado. Carlos miró a su hijo. Tiritaba, pero no de frío. Era miedo. Tenía en las pantorrillas y en los tobillos restos de sangre seca, rasponazos y picaduras de insectos.

—Queda menos de una hora de luz —afirmó Carlos—. Lo mejor será hacer noche aquí. Mañana saldremos al amanecer.

Jorge sonrió.

Era un claro del bosque. Muy cerca descubrieron una pequeña corriente de agua. Tardaron casi una hora en montar la tienda y seguía siendo de día. Luego emplearon veinte minutos en encender una hoguera. Carlos aseguró que el fuego mantendría alejadas a las alimañas.

Jorge sintió terror al conjuro de la palabra:

—¿Qué alimañas?

—Animales peligrosos. El fuego los ahuyenta. —Carlos no sabía por qué le provocaba tanta satisfacción el miedo de su hijo.

—¿Aquí hay serpientes? —preguntó Jorge con un hilo de voz.

—¡Serpientes! —el padre se reía—. Eso es en las películas. En el monte sólo hay culebras.

Cenaron albóndigas de lata. Carlos se sentó junto al fuego a fumar y a beber whisky de la petaca. Aún tenía la botella casi llena en la mochila.

Se estaba a gusto allí, Jorge casi había dejado de sentir miedo. Ya no le dolían los pies, se había quitado las botas. Su padre parecía satisfecho y, después de todo, la acampada estaba resultando un éxito. Al levantarse a por más whisky, su padre se apoyó en el hombro de Jorge. Jorge miró el reloj, eran las ocho y veinte. Sacó su móvil y marcó el número de su madre.

No le había oído acercarse, sólo sintió de pronto la mano que le arrebataba el teléfono. Su padre colgó. Le miró sin decir nada, con un gesto de amarga decepción. De pie, a su espalda, su padre parecía mucho más alto.

—Eso no se hace, Jorge.

—Iba a llamar a mamá.

—Lo sé, pero eres un irresponsable. ¿Qué pretendes? ¿Que nos quedemos sin batería cuando haya una emergencia? ¿Es eso? ¿Que no podamos pedir auxilio porque el niño quería hablar con su mami? Hijo, entiéndelo, aquí no hay enchufes, eres un inconsciente. ¿Es que tú sólo piensas en ti mismo?

—Lo siento mucho, papá.

—Esto no puede ser, Jorge, tienes que portarte como un hombre.

Su padre dio dos vueltas alrededor del chico sentado y luego apagó el móvil y le pidió al chico que le diera su número PIN, que apuntó en una tarjeta de visita.

—Esta batería la conservaremos como reserva para emergencias, ¿de acuerdo?

—Lo siento, papá, no lo había pensado.

—Ahora tenemos que apagar la hoguera. Es peligroso dejarla toda la noche.

Jorge se preguntó qué impediría entonces a las alimañas atacarles mientras dormían, pero no dijo nada. Estaba sorprendido por el buen humor de su padre. Ni siquiera se había enfadado. Llegó a pensar que quizá su padre había logrado lo que quería, como si sólo hubiera estado esperando una ocasión para conseguir apagar su teléfono y quedárselo.

—Supongo que tendrás muchas ganas de mear —bromeó el padre.

—Ahora ya no.

—¡Para una vez que nos hace falta! Todo el día haciendo pis sólo para fastidiar y ahora que lo necesitamos al señorito no le entran ganas.

Le explicó que los auténticos montañeros, los expedicionarios, siempre apagan el fuego orinando sobre las llamas. Ningún otro procedimiento se consideraba aceptable entre hombres de acción.

—Además, es algo que no pueden hacer las mujeres. Piénsalo, es cosa de hombres. Desde la época de las cavernas los hombres apagamos el fuego, porque podemos mear de pie sobre las llamas. ¿No crees que podrías conseguir al menos un chorrito?

—Lo voy a intentar —prometió el chico.

—Así me gusta, ahora estamos entre hombres.

Se pusieron uno al lado del otro frente a la hoguera, sin que Carlos pudiera disimular su alegría. Aquel era uno de esos momentos maravillosos que siempre había querido compartir con su hijo.

¿Cuánto tiempo hacía que no veía a su hijo desnudo? Más de cuatro o cinco años. El chaval, con el pudor propio de su edad, clavó la vista en el fuego. Carlos en cambio miró, igual que registraba la mochila de su hijo o sus bolsillos cuando el chico dormía: era su responsabilidad.

Apenas podía creerlo. Su hijo, su propio hijo, la tenía más grande que él. Era de un tamaño tan considerable que Carlos se sintió humillado, víctima de una traición.

Que Jorge tuviera sus propias ideas le parecía positivo, casi conmovedor, se sentía preparado para aceptarlo. Que hubiera desarrollado semejantes órganos genitales, en cambio, le resultaba francamente incómodo.

No lograron apagar por completo el fuego, así que amontonaron pedruscos encima y se metieron en la tienda, y cada uno en su saco de dormir, los dos en calzoncillos.

—Buenas noches, hijo. Mañana lo vamos a pasar muy bien.

Su padre no parecía estar satisfecho, pero al menos

había dicho que quería hacer cosas con él, que se divertirían juntos al día siguiente.

Así se quedó Jorge dormido, aferrado a su sueño de felicidad, tan frágil que tenía que protegerlo con las dos manos apretadas contra el pecho.

Ha tardado en quedarse dormida, en apretar las rodillas con los pies juntos, de medio lado, y cerrar los ojos. Más tarde sacará una pierna hacia fuera y enterrará la cara en la almohada. Siempre deja la persiana entreabierta. No necesita luz para dormirse, pero le desagrada despertarse en la oscuridad. Tal vez le asusta, qué más da: Carmen prefiere no saber de qué tiene miedo. Mejor dar manotazos al aire, disipar el temor como una humareda, dejar que algo ocupe su sitio o lo cubra para apartarlo de su vista, reemplazar el miedo por la ira, por el deseo, por el rencor; esconderlo tras cualquier otro sentimiento. Mejor el dolor, la vergüenza, el arrepentimiento, que ese vértigo. Así ha pensado siempre ella.

No eran las doce cuando decidió que no iba a seguir leyendo, por hoy ya estaba bien, tenía todo el fin de semana para acabar el manuscrito. Si es que decidía acabarlo. ¿Por qué tenía que leer aquello? ¿Acaso ella también estaba secuestrada, como Beatriz?

Se fue a la cama, era libre.

Sin embargo, nada más apoyar la cabeza en la almohada se da cuenta: se ha espabilado por completo. El cansancio, el sueño y la amenaza se han quedado fuera del dormitorio, en la mesa del salón, entre las páginas de un libro escrito por un hombre al que ha querido y al que ha hecho daño, el padre de su hijo. En la mesita de noche tiene una novela de James M. Cain, su autor favorito. Pero Carmen no quiere leer. Tampoco quiere pensar ni recordar, si es que son dos cosas diferentes y no, como ella cree, dos maneras de justificar los propios errores, dos formas de cargarse de razón, el mismo amor, el único eterno y correspondido, el que no se propone cambiar al ser amado, sino que lo acepta tal y como es: el amor propio, ese *amour fou* al que nadie sabe resistirse.

Carmen apaga la luz y cierra los ojos. Bajo la sábana, se quita el pantalón del pijama. Estira las piernas. Se acaricia el hueso de la cadera, el vientre, el principio del muslo. No imagina nada, a nadie, a ningún actor ni a un compañero de oficina, no quiere una imagen, sino evocar una sensación. La de una mano grande y firme que recorre la curva de su cadera. Imagina el tacto de otro cuerpo, pero no le hace falta ver la mano. Sabe que los hombres son más visuales, que se excitan con fotografías. Es así, incluso en la cama, van en dirección contraria, piensa Carmen. Abrazados uno contra el otro, pero en sentidos opuestos. Las mujeres se esfuerzan por alcanzar el orgasmo lo antes posible. Los hombres, por retrasarlo todo lo que pueden. A veces, sólo en ocasiones, se cruzan en el camino. A ella no le funcionan las imágenes; en una foto siempre acaba apareciendo un detalle que lo estropea todo: pierde la concentración. Ella necesita un esfuerzo prolongado. Cualquier cosa lo puede echar a perder, un gesto, las arrugas de un codo, un tendón que aparece de pronto como un resorte. Tiene que volver a empezar. La distracción más intempestiva suele ser ella misma, su propio cuerpo: por eso, no sólo apaga la luz, sino que siempre cierra los ojos.

La mano acaricia el hueso de la pelvis, el rompiente de una ola desde la que se desliza el agua mansa del vientre, sube hacia las costillas, rompe en el pecho y baja de nuevo hacia el pubis. La otra mano aprieta la nalga por debajo, parece que las dos palmas quieran tocarse, atravesando su cuerpo. La excitación aumenta, se muerde los labios, cierra los muslos sobre la mano que ahora se mueve más deprisa, la yema del dedo corazón presiona el clítoris, que late en la oscuridad como el pulso en la muñeca; contra el índice y el corazón se inflaman los labios vaginales; tiene que mantener el ritmo, cierra los ojos como si apretara los puños y mueve los pies uno contra otro, arriba y abajo, doblando los tobillos como si se columpiara, hasta que cesa el latido, se desborda, la oscuridad se ensancha como un pozo y siente en las manos y en las piernas la relajación de un muelle sometido a un estiramiento prolongado.

Ahora sí, ahora sabe que se quedará dormida, de medio lado, la cara contra la almohada, con las piernas flexionadas y los pies uno sobre el otro, sólo con la chaqueta del pijama puesta.

Cuando su hijo está en casa, tiene que volver a ponerse el pantalón, le da vergüenza quedarse dormida desnuda de cintura para abajo. Sin embargo, la sensación de culpa cuando Jorge está despierto al otro lado de la pared le provoca una excitación involuntaria. Se corre con menos esfuerzo y se siente sucia, porque su hijo duerme en la habitación de al lado. O peor todavía: mientras su hijo no puede conciliar el sueño. Se siente culpable y le gusta, aunque prefiere no pensar en ello, no saber por qué, no sentir miedo. Para vivir, se dice Carmen, hay que limitar la realidad de la que nos hacemos cargo, no se puede abarcar entera. También tiene que poner límites a lo que está dispuesta a conocer de sí misma. Admite que en la culpa y en la vergüenza también hay un placer, pero lo mira como si viera un bulto en un banco de niebla. Mejor no acercarse, no distinguir su forma, no dejar tampoco que te vea ni que sepa que tú lo has visto.

Ahora, satisfecha, por fin se ha dormido. El silencio es tan grande, tan hondo, que se oye el sonido estático. La ciega actividad de esas criaturas que no distinguen el día de la noche, los insectos, las bacterias, los remordimientos. Lo que habita incesante en el interior de los muebles, en los desagües, en las cavidades de los órganos, sin luz ni aire.

Antonio Riquelme está despierto en el sofá del salón. Almond duerme, es su turno. Trini ha salido, después de prepararles la cena. El Tuercas bebe, absorto en un vídeo pornográfico.

Entonces empezó. Primero fue un murmullo al otro lado del tabique, como un grifo abierto que les dejó a los dos mudos, mirándose el uno al otro, casi pidiendo ayuda; enseguida se convirtió en un gemido tan lastimero que dolía oírlo. Almond apareció en el salón, incómodo y desvelado. Riquelme se puso de pie, con los brazos colgando a los lados del cuerpo como ropa tendida; no sabía qué hacer, pero muy pronto se apaciguó la corriente de agua y ahora ya era un ancho y caudaloso río, un lamento ronco, profundo y muy lento, que parecía no tener fondo ni desembocadura, y Riquelme seguía de pie, sin saber qué hacer con las manos.

Dijo: ¡Tíos, está llorando!

Almond se encogió de hombros: Bueno y ¿qué? El Tuercas dijo que mejor. Mientras llora no mea, añadió, quizá con nostalgia.

Pero es que no para de llorar, insistió Riquelme poco después, ¿qué hacemos, tíos?

Nadie respondió y pasaron otros cinco minutos, y aquel llanto no amainaba ni tampoco iba a más, era angustioso y constante, Riquelme no podía aguantarlo. Voy a verla, dijo.

Ni hablar, respondió Almond, firme.

No está gritando, tío. Si no grita, no podemos entrar. Son las instrucciones, explicó el Tuercas.

Estará teniendo una pesadilla, se le ocurrió a Almond.

Riquelme pensó que a lo mejor era verdad, pero que para qué. ¿Quién necesitaba pesadillas, con la que ya vivía despierta?

Voy a verla, anunció, y entonces se oyó la cerradura de la puerta de entrada.

Impasible, el Letrado contempló el panorama: tres tíos hechos y derechos aturdidos por un simple llanto al otro lado de la pared.

Dejadme solo, exigió el Letrado, sé cómo tranquilizarla. Se dirigió a la habitación de la chica con su maletín.

Qué compañía, se dijo Riquelme, qué familia, qué gran error. Todos del barrio y todos desquiciados, material de desecho, empezando por el Letrado, un tipo que se consideraba a sí mismo elegante y refinado, el cerebro de una banda patética, formada por Almond, el Tuercas y el propio Riquelme, cuya misión hasta el momento había sido proporcionar la víctima, Beatriz, esa señorita del pan pringado que hasta dormida tenía que seguir llorando.

Riquelme sabía que Almond había recibido en la pila bautismal el nombre de José Ramón, pero insistía en ser llamado Almond. Un día le preguntó por qué. Va perfecto con mi personalidad, respondió tajante. ¿Sabes lo que significa?, insistió Riquelme. Significa que soy yo, el Almond, qué pasa. Es mi nombre verdadero y punto, y al decirlo sacó una navaja del bolsillo, el muy animal. Riquelme le enseñó una tableta de chocolate como prueba: en inglés es almendra. Aquella información le arrebató la alegría de vivir, hasta el punto de que Riquelme se compadeció: la incisión de un cuchillo dibuja en la carne una cicatriz con la forma de una almendra, le aseguró. ¿De una almendra o de una avellana?, preguntó Almond con desconfianza. Las más grandes, de almendra. ¡Lo sabía! Ese soy yo, dijo Almond, agradecido, y ya no le quedó duda de que Almond era su único nombre verdadero, el que expresaba la totalidad de su ser auténtico.

A pesar de todo, por botarate que fuera, en Almond se podía confiar como guardián para el secuestro de una mujer. Sus extenuantes años poniendo chapas en la calle Almirante y en esa sauna de la calle Larra habían provocado en Almond un desinterés sincero hacia los placeres de la carne, a la que sólo consideraba como instrumento de trabajo. Respetaba a las profesionales, como la propia Trini, eran compañeras de armas; pero apenas podía contener su rencor hacia las otras, aquellas que, según afirmaba, eran tan putas que no se conformaban con el dinero. Hay que ser muy zorra para no cobrar, decía: esas son lo peor, son como los bancos, te venden una deuda.

En cambio el Tuercas era un tiro al aire. Había trabajado en un taller y, en la cárcel, unió su destino a los modales exquisitos y las discretas corbatas a rayas del Letrado, y aunque en general obedecía sus instrucciones al pie de la letra, ni él mismo podía garantizar qué haría si un par de tetas le nublaban la vista.

—¿Lo veis? Ya no llora.

Tenía razón el Letrado. No se oía más llanto.

—¿Qué le ha dado usted? —preguntó Riquelme.

—Lo que ella de verdad necesita —respondió el Letrado con una sonrisa condescendiente—. Una simple inyección.

El 8 horizontal, de siete letras. Acaba en una e, la de perdidos. Se dice del que no puede dormirse en cierto momento.

Insomne, desvelado, tumbado boca arriba, su hijo casi roza su cuerpo. Le quiere. Él no se imagina cuánto le quiere. El amor de un padre es áspero, es así, él no puede evitarlo, forma parte de la naturaleza de las cosas. Las madres son otro cantar, más mullidas, acolchadas, cálidas, con tantos lugares blandos en los que apoyar la cabeza, tantos sitios acogedores para ser consolado y sentirse querido. Cuánto cuesta en cambio merecer el amor de un padre o su simple aprobación. Que se lo digan a él, a Carlos Mendoza, que nunca consiguió sostenerle la mirada a su padre hasta que fue demasiado tarde, porque ya le había dejado solo. A solas con su madre. Cuánto esfuerzo inútil, cuánto dolor en vano, cuánta pasión de la que no se sale indemne. Cuánto frío da descansar la frente en el pecho de un padre, ese cristal helado, incapaz de alimentar a un hijo. El pecho del padre es una lápida.

Jorge dormía un poco ladeado. Pensó cuánto tiempo hacía que no abrazaba a su hijo. Tanto tiempo como sin verle desnudo. Le quiere. Es su padre. Le quiere y le da rabia verle dormir. ¿Son necesarios esos ruidos? Está gordo y la única causa es la delgadez de su voluntad. No sabe dominarse, ni siquiera es capaz de aguantarse el pis. Como a su madre, a Jorge, dormido, se le escapan ventosidades.

¿Quién no iba a pensar lo mismo que piensa él, quién no llegaría a una conclusión idéntica: que está huyendo hacia su madre? Que se parece a su madre sólo para intentar escapar, para alejarse de un padre que no se lo consiente todo. No hay más que verle, el vivo retrato de Carmen: la misma barbilla redondeada y retadora, la misma mirada suspicaz, las mismas manos delicadas y el mismo culo gordo y propenso a las ventosidades. Le quiere, pero cuánto se parece a su madre. Cuánto. Quiere dejarle solo, eso es lo que quiere, y buscar amparo en lo que llaman seno materno. ¡Y se refieren a esos pechos desplomados de Carmen! Se pregunta cómo consiguió amamantar a Jorge, si él jamás durante su matrimonio encontró allí pezón alguno, ni con los dedos ni entre los labios o los dientes, sólo areola borrosa como un parche de bicicleta que se hubiera aflojado al deshincharse el neumático.

Está bajando la temperatura. Fuera de la tienda de campaña se oyen ruidos que suenan amenazadores, se oye batir de alas en la oscuridad, también ramas que se quiebran, algo que está siendo arrastrado por el suelo, carreras de animales entre arbustos.

Jorge duerme y está abrazado a una esperanza demasiado débil para soportar ese abrazo tan apretado. ¿Cómo puede protegerse algo tan frágil con un abrazo tan fuerte? ¿Cómo es posible sin hacerle daño?

Carlos vela, asombrado del calor que despide el otro cuerpo. A Jorge se le escapa un pedo. Por eso deja los calzoncillos tan sucios. Le quiere. En los bolsillos del chaval siempre hay envoltorios de caramelos, chicles pegados a la tela, restos de mocos. Le quiere. Jorge se agita sin llegar a cambiar de postura. Se pregunta qué soñará su hijo. ¿Tendrá sueños eróticos? ¿Con actrices de cine, con chicas que ha visto desnudas en revistas o con sus compañeras de clase? Le cuesta hablar con él, hay que sacárselo todo con sacacorchos, como si el chico estuviera protegiendo un secreto, aunque se trate de las preguntas más simples. Cualquiera diría que revelarle a su padre quién es la más guapa de la clase, qué hicieron el viernes o cuál es su película favorita fuera una delación, como si una palabra de más pusiera en peligro a toda la red clandestina. Quizá la adolescencia, piensa Carlos, no sea otra cosa que pasar a la clandestinidad. Unirse a la Resistencia. Contraseñas, identidades ficticias, nombres de guerra, comunicaciones en clave, reuniones secretas y ese temor constante a ser descubierto, a caer en manos de los despiadados adultos, esa Gestapo que conseguirá hacerle cantar y poner así en peligro al resto de los camaradas.

Su hijo ronca. Le quiere. Ahora que Jorge ya tiene sus propios intereses y puede hablar, cuánto echa de menos aquella época en la que le llevaba al parque en el carrito y se sentaba a su lado, en silencio, mirándole dormir abrazado a Lilo, su conejo de peluche.

Pero así es la vida: al mirarle entonces lo que echaba de menos era que llegara el día en que se hiciera mayor y pudieran hablar y el chico tuviera ya sus propios intereses. Le quiere. Por mucho que su hijo se aleje de él.

Como si se pudiera huir de un padre.

Le quiere. Aunque intente ser cada día más el niño de su mami, con el mismo gesto despectivo y desafiante. Le quiere. Aunque tenga un pene desproporcionado, humillante, casi superlativo.

Aún no sabe si su hijo es un desertor o un prisionero de guerra. ¿Ha sido capturado por el enemigo o se ha pasado al otro bando? O quizá le han apresado, pero luego el rehén se ha vuelto uno de ellos: el síndrome de Estocolmo, como Patty Hearst.

A Carlos le apetece un trago, pero tiene que racionarse. Mejor intentar dormir. Necesitará beber mañana para el ascenso y luego, cuando lleguen, en el refugio habrá nuevas botellas esperándole. Le queda tanto por aprender y tan poco por olvidar.

No le ha dicho a Jorge con quién se encontrarán en esa cabaña, pero tiene la sensación de que el chico ya lo sabe. Lo sabe y se calla. Había una desconfianza en su mirada esquiva. Lo sabe y le da miedo. Eso es lo que más enfurece a Carlos: ¿de qué tiene tanto miedo? Él es su padre. Él le quiere.

Y sin embargo es hijo de su madre, por eso desconfía. El muy hijo de su madre. Esa es la verdad, tiene miedo, las cosas como son. ¿Y con qué derecho teme a su propio padre?

Él no se merece eso. Un padre es una cosa muy seria. Qué poca cosa, qué casi nada en cambio, es un hijo. Qué banal, qué parecido a cualquier otro hijo de su edad, todos intercambiables unos por otros, todos con el mismo convencimiento cómico de ser excepcionales, singulares, casos perdidos.

Sin embargo, por ridículo que sea, por muy torpe, estúpido o testarudo que sea, un padre siempre es otra cosa. Un padre es algo serio.

En ese momento Jorge ha soltado un ronquido tan violento que a punto ha estado de despertarse a sí mismo. Ahora sí cambia de postura. Mueve las manos dentro del saco de dormir, pero de una forma que a Carlos le parece muy sospechosa. Sabe que su hijo se masturba. Por supuesto. Cómo no va a hacerlo. Ya lo sabe, pero a él no le consta. Y por nada del mundo quisiera obtener constancia de un hecho tan desalentador.

Al hacerlo ¿pensará su hijo en aquella chica del instituto, la del aparato dental, con la que lo vio una vez por la calle? Cree recordar que se llamaba Teresa. O quizá María Luisa, qué más da.

En esas visiones quizá haya alguna que compartan los dos. Carlos se pregunta cuál podría ser, hasta que cae en la cuenta de la que tiene que ser, sin duda, y casi suelta una carcajada: ¡es su madre! Se imaginará a Carmen desnuda. A su madre. En sus brazos.

O todo lo contrario: quizá a veces la repentina aparición del cuerpo de Carmen desnudo interrumpa las pajas de su hijo, como también ahora echa a perder las suyas.

Vigila el movimiento bajo el saco, que cada vez es más inequívoco. Tendrá que intervenir. Es por su propio bien, no puede consentirlo. A la mañana siguiente Jorge se avergonzaría. Se incorpora y le pone a su hijo la mano en el hombro, y en un tono de voz dulce dice: Jorge, Jorge.

Su hijo despierta aterrorizado y se lleva las manos a la cabeza, como si quisiera protegerse de un golpe.

Duerme, Jorge, duerme, es que estabas en mala postura, le dice, con el mismo tono cariñoso.

Le tiene miedo. A su propio padre. Es ridículo. Esta va a ser una noche muy larga, lo sabe, le va a costar conciliar el sueño. Además no puede acabarse la reserva de whisky. Mañana va a necesitar un trago para subir la montaña.

Tras el sobresalto, Jorge se ha dado media vuelta y ahora duerme sobre el lado izquierdo, con la cabeza contra la funda del saco, que está rellena con ropa para que le sirva de almohada.

Carlos apoya la cabeza en la mochila y siente en la nuca la forma de la botella de Cutty Sark.

Él le ha dejado a Carmen su novela y ella le ha dejado a su hijo. Carlos se pregunta qué significa esto. ¿Es acaso el niño una novela que él tiene que leer y aprender a interpretar? ¿Tiene un sentido que no está a la vista? ¿Ha escrito Carmen así al chico sólo para que él lo lea y comprenda algo, para que reciba el mensaje? ¿A quién pertenece entonces ese miedo: a Carmen o a su hijo?

Lo que más le preocupa, sin embargo, es qué será lo que Carmen pretende que él haga con lo que lee, tras su lectura de Jorge. Ese mensaje escrito en el hijo ¿es una llamada de socorro? ¿Una amenaza? ¿Un desafío que dice: mira en qué he convertido a tu hijo?

Jorge ha vuelto a roncar. Le quiere. Y él en cambio le tiene miedo. No puede consentirlo. ¿Cómo va a hacerse jamás un hombre si no confía en su padre?

A Carlos le laten las sienes como si recibiera puñetazos y en la nuca siente dolor, una quemadura que recorre su cráneo desde la región occipital hasta la frente. Estira el brazo hacia atrás, por encima de su cabeza, y abre la mochila sin mirar.

Al fin y al cabo mañana, a plena luz, el ascenso será un simple paseo. Es ahora cuando de verdad necesita ayuda, ahora mismo, no mañana. Aquí y ahora. En realidad, mañana no habrá la más mínima dificultad. Mañana no le hará falta el whisky. Así que bebe un trago. Luego otro. Hasta que ya queda menos de media botella.

Su hijo duerme con la funda del saco abrazada contra el pecho. Intenta proteger su deseo con tanta fuerza que acabará destruyéndolo.

Cuando Carlos por fin se queda dormido, la botella vacía rueda desde su pecho al suelo.

A Jorge le despierta de pronto el frío. No sabe qué hora es, sabe que no es de día, porque no ve la claridad a través de la tela de la tienda de campaña. Tiene ganas de hacer pis, pero le da miedo despertar a su padre si se levanta. Lo que no quiere, por encima de todo, es que su padre se enfade.

Es culpa suya, lo sabe, siempre tiene él que fastidiarla, siempre se equivoca, nunca consigue terminar un día sin que su padre aparte los ojos de él.

Su padre evita mirarle porque se siente defraudado, su torpeza le exaspera, pero no se molesta en darle gritos, es mucho peor, le trata con educada frialdad. Ojalá gritara, ojalá le diera una bofetada, ojalá le prohibiera ver la tele o conectarse a internet, como hace su madre. Su padre nunca le concede la oportunidad de cumplir un castigo y así quedar en paz, libre de culpa. Con él nunca hay reparación posible, no le permite saldar una deuda a la que el sufrimiento de su padre no hace más que añadir intereses. Porque además su padre siempre es el que más sufre. A él le duele más que a Jorge, eso dice.

Jorge tiene ganas de llorar. Pero no ha llorado. Y se siente muy orgulloso. Por lo menos no ha llorado.

Su padre recibiría sus lágrimas como un agravio, porque él es quien tiene razones para llorar, sólo él, y él no llora. Todo el dolor le pertenece, él es quien ha sido ofendido.

Así se siente cuando piensa, sin atreverse a cambiar de postura: haga lo que haga, siempre le deberá todavía algo más a su padre.

Había bebido demasiada agua, es verdad, y por eso tenía luego tantas ganas de hacer pis. Olvidó su mochila en el tren, es verdad. Tampoco debió bajar para ir al baño en aquella estación. Y fue una imprudencia gastar la batería del móvil, aunque su padre, por eso, ni siquiera se enfadó. Lo había hecho mal, de acuerdo, pero ¿nunca acabará de pagar lo que le debe a su padre?

Había sido un día largo y difícil, pero había acabado bien. Hasta que él volvió a fastidiarla, como siempre. Y eso que le había dado una segunda oportunidad: cuando le descubrió gastando la batería del móvil, lo pasó por alto y no perdió el buen humor. Las albóndigas, que iban cogiendo por turno de la cazuela, le habían sabido a felicidad, a que era posible sentirse querido por su padre y que su padre se dejara querer en paz. El sabor en el paladar lo confirmó en su hombro la mano de su padre al ponerse de pie. Luego pasó lo del móvil y su padre no se enfadó.

Cuando propuso apagar la hoguera, Jorge quiso preguntarle qué sucedería entonces con las alimañas. ¿No serían aún más peligrosas cuando ellos estuvieran dormidos?

No se atrevió a decir nada. Confiaba en su padre. Le quería. Bebía demasiado, su rigidez le volvía despótico, olvidaba las promesas y prolongaba el rencor por cualquier agravio durante demasiado tiempo. Tenía demasiado carácter. Le quería. A su padre no le interesaba lo que él contaba, pero le quería. Era su padre. Le quería. Y Jorge nunca conseguía adivinar qué había hecho mal, dónde se había equivocado, cómo había conseguido volver a decepcionarle. Sólo sabía que, después de apagar la hoguera, su padre ya no era el mismo. Ni siquiera le miraba. No se había enfadado, pero parecía triste y aturdido.

Le salió bastante pis, casi tanto como a su padre, así que no podía ser eso. Si el fuego no se había extinguido por completo no era culpa suya.

¿Pensaría su padre que le había estado espiando para verle desnudo? Jamás. Había mirado hacia delante todo el rato, lo podía jurar. Él no quería ver eso, por favor. Pero si él haría lo que hiciera falta con tal de no verlo. Su padre en cambio sí le había mirado a él, como si fuera lo más normal del mundo. ¿Le habría decepcionado? ¿Le habría parecido demasiado pequeña? Quizá tampoco estaba a la altura de lo que su padre esperaba de él. ¿Y qué podía hacer? No era culpa suya. Tal vez por eso su padre no le había regañado, pero su rostro se ensombreció y ya no fue el mismo, sino ese hombre que soporta un peso inmerecido, el que aparta la mirada y sufre en silencio, el que se hace cargo de las tinieblas, de los pecados de los otros, el dique que contiene la marea de errores y cobardías de los demás, esa bisagra sobre la que el universo gira y se abre o se cierra de un portazo.

Se acostó con el corazón en un puño, al borde de las lágrimas, aunque no lloró; se abrazó a la funda del saco, en la que había metido dos jerséis y los calcetines.

Se quedó dormido mientras su padre permanecía en vela y soñó que le crecía la polla sin parar, hasta que alcanzó un tamaño capaz de satisfacer a su padre, ya era todo un hombre, lo estaba comprobando con la mano, bajo el calzoncillo.

Entonces sintió que su padre le agarraba por los hombros. Le había pillado.

Se cubrió la cabeza con las manos, estaba muy asustado.

De nuevo, su padre ni siquiera le castigó, sólo le dijo que durmiera tranquilo, que estaba en una mala postura.

Algo había pasado al apagar el fuego, pero ahora Jorge vuelve a dormirse y se da cuenta de que su sueño es un sueño culpable: sabe que su padre no vela para que él duerma, sino porque él duerme. Es su sueño lo que mantiene despierto a su padre. Es su vida la que impide que su padre viva la suya.

Sueña que su padre muere por él, por sus pecados, como un hombre clavado en una cruz sobre una montaña.

Todavía no amanece.

El campo desprende olor a arbustos; el padre, un aliento a whisky. El hijo duerme y tiene un sueño agitado, atravesado por un viento frío. Sobre la tienda de campaña, el cielo se ha ido cubriendo de nubes, apenas se ven estrellas.

Mirando aquellas nubes tumorales, apelmazadas como una bayeta mal escurrida, costaba mucho creer que amaneciera. Parecían bueyes, reses derrumbadas a las que el filo de la media luna acabara de desjarretar de un tajo. Tenían hacia el este, por la parte de Moratalaz y La Elipa, flecos de una sangre tan oscura que debía de haberse coagulado, y había en el horizonte negros cuajarones que impedían la salida del sol.

Carmen cerró la ventana, hacía demasiado frío. Se había despertado a las seis con una sensación de bienestar que se hizo añicos enseguida. Primero se dio cuenta de que estaba desnuda de cintura para abajo y sintió vergüenza. Luego volvió el miedo, ya con el pantalón del pijama puesto, y se repitió que no había nada que temer. Al fin y al cabo sólo era una novela.

Puso la cafetera al fuego y se asomó a la ventana hasta que oyó el silbido del vapor. Se sirvió el desayuno en la mesita bajera, al lado del sofá. No quería seguir leyendo el manuscrito que le esperaba sobre la mesa del comedor. Todavía no.

¿Por qué habían matado a aquel pobre tipo, el Imprevisto? ¿Sólo por casualidad? ¿Por estar donde no debía y haber visto más de la cuenta?

Carmen se consideraba una buena lectora y creía que

la casualidad era una delación. Había que interrogar a la casualidad y acababa confesando el propósito oculto, la intención del autor, el plan secreto. En una novela, lo que sucedía por necesidad, lo que formaba parte de la cadena de causas y efectos, obedecía al mecanismo narrativo. Las casualidades en cambio venían de otro lugar, eran pequeñas grietas en el edificio, a través de las cuales se podía atisbar el sótano sin luz y se adivinaba el oscuro latido del deseo.

Aquel primer cadáver por casualidad señalaba un punto sin retorno, los secuestradores habían ido demasiado lejos y ya no había marcha atrás. Ahora la mujer que lloraba encerrada en una habitación, Beatriz, estaba sentenciada a muerte.

Sí, claro, siempre podía suceder que en el último instante aparecieran los buenos, justo a tiempo para salvar a la chica, pero Carmen presentía que esta novela no iba a tener un final feliz.

Al matar al Imprevisto, Carlos había decidido matar también a Beatriz, porque aquel primer asesinato, que era casual, hacía inevitable y necesario el de la chica.

¿Qué más decisiones había detrás de esa casualidad? Hacer sufrir a Beatriz. Hacerle daño. Provocar dolor y prolongar en ella una esperanza inútil.

Estaba segura de que escribir la novela debía de haberle producido a Carlos una intensa sensación de poder. Cuánto habría disfrutado al hacer que Beatriz, delante del Tuercas, se orinara encima.

Como ahora los secuestradores también sospechaban que iban a tener que matarla, ¿qué les impedía violarla? ¿Por qué contenerse? Por eso mismo Carlos había metido en la novela a ese inverosímil Tuercas, un tipo repulsivo que sólo estaba allí para hacerle al autor el trabajo sucio.

Se preguntó en qué parte de sí mismo había encontrado Carlos al Tuercas, pero sabía la respuesta. Se recordó a cuatro patas sobre el suelo, frente a la cámara, tocándose los pechos, enseñando la lengua, separando un poco más los muslos. Así, perfecto. Clic.

Con el recuerdo regresaron la rabia y la vergüenza. Lo había suprimido, lo había borrado, nunca había vuelto a acordarse, nunca del todo, hasta que el manuscrito se lo había puesto otra vez delante de los ojos. ¿Por casualidad?

Aquella noche, ella se quedó en el salón y Carlos la oía llorar al otro lado de la pared, desde la habitación. Ella también era la mujer encerrada y quizá condenada a muerte, ahora se daba cuenta.

A la mañana siguiente vino lo de siempre: le pidió perdón. Promesas, buenas intenciones, propósitos de enmienda, todo aquello de lo que está empedrado el suelo del infierno, esos adoquines que sólo sirven para volver a tropezar contra ellos.

Qué idiota había sido. Tanto como esa chica, Beatriz, aferrada a la esperanza de que va a salir con vida y que todo volverá a ser como antes.

Carmen no sabe cuál fue la casualidad que sentenció su matrimonio, ese azar bajo el que se escondía el deseo inconfesable. Porque de eso sí está segura: Carlos tenía tomada la decisión de abandonarla desde hacía mucho tiempo. Quizá era eso lo que quería dejar claro con la novela: he jugado contigo, yo movía los hilos, esa es mi única novela de verdad, mi creación original.

Quizá por eso quería que ella la leyera («sólo quiero

que tú lo leas», recordó), para que supiera cuánto había disfrutado él con su humillación, con su miedo, con su dolor, con sus esfuerzos inútiles y con su terca esperanza de que, al final, todo volvería a ser como antes.

Desde el principio Carlos quería dejarla, dejar a su familia, a Jorge y a ella, pero consiguió que fuera ella la que diera el primer paso, la que se negara a perdonar, a seguir intentándolo, a darle una nueva oportunidad.

Se recordó a sí misma a punto de gritar.

Encendió otro cigarrillo y se repitió que tenía que tranquilizarse. A lo mejor era ella la que estaba proyectando sus fantasías sobre aquel manuscrito. Su miedo, pero también sus remordimientos o su conciencia de culpa.

Ella había menospreciado a Carlos, las cosas como son. De forma discreta, sin decirlo jamás, pero implacable, sobre todo cuando nació Jorge: dejó bien establecido que, aunque se apellidara Mendoza, era un Maldonado y ella no iba a consentir otra cosa para su hijo y para el nieto de Constantino Maldonado.

Al final los dos se detestaban y ninguno podía presumir ya de buena voluntad. En ese momento ella ya había pasado varias noches con Miguel Caturla y había hecho lo posible para que Carlos se enterara.

No estaba siendo justa, los dos habían hecho y dicho cosas de las que se avergonzaban.

Desde la publicación de *La luz azulada*, Carlos había ido perdiendo pie. Aquello tampoco era lo que esperaba Carmen al casarse con un poeta.

Tras el matrimonio se habían ido a vivir a casa de los padres de Carmen, en la calle Zurbano. El padre, Constantino, se había jubilado y prefirieron retirarse al chalet de Alpedrete. Carlos dejó el trabajo en Los Molinos y a esa novia que tenía allí, Yolanda, y aceptó el empleo en el Museo del Ejército que le consiguió el padre de Carmen.

Allí fue donde por primera vez Carmen se asustó de Carlos, cuando se acercó con el niño en brazos a la ventana del salón y dijo: si ahora te soltara, dejarías de existir.

No había peligro, la ventana estaba cerrada, pero ella sintió miedo de verdad y por primera vez miró a Carlos como si fuera un desconocido.

Carlos empezó a beber demasiado. Siempre había tenido un carácter fuerte, demasiado carácter, pero su humor se volvió aún más cambiante y difícil, y entonces fue cuando se puso a hablar de su novela, de escribir esa novela que para él era la única salvación y la mejor venganza.

Se sentía menospreciado y quizá no le faltaba razón. Cuando a él le empezaron a ir mal las cosas, en lugar de permanecer a su lado, Carmen se había ido alejando, primero con indiferencia, luego con frialdad. Ella se había dedicado por entero a su hijo y a Carlos le trataba como si fuera un extraño en la familia, un inquietante Mendoza en medio de los Maldonado.

Luego vino el juicio y aquella abogada tan eficaz, Natalia Garvía, que solicitó en la demanda de divorcio las medidas provisionales para proteger a Jorge, al que su padre había agredido. Le había tirado de la silla. Una visita al mes en un Punto de Encuentro Familiar, con la presencia de una asistente social y un psicólogo.

Aunque ella aceptó la propuesta de Natalia, las cosas como son, se dijo Carmen, que siempre intentaba ser justa. Por eso tenía que reconocerlo; Carlos reaccionó con nobleza, poniendo por encima el bienestar de Jorge.

Carmen se dio cuenta de que había dado una vuelta completa para regresar al punto de partida, al mismo lugar en el que estaba antes de empezar a leer: Carlos había sido un fracaso como marido, pero no podía negar que ahora era un buen padre. Al año del divorcio ella misma había pedido que se modificara el régimen de visitas.

Y era el padre de Jorge, eso nada podía cambiarlo.

¿No estaba siendo injusta cuando leía? En la novela había mucho de la vida de Carlos y de su matrimonio, pero ¿qué esperaba? ¿De dónde iban a sacar las cosas los novelistas si no usaran lo que tienen más a mano? Lo que han vivido y lo que no han vivido, lo que sucedió y lo que no sucede, pero se teme o se desea.

Quizá ella no estaba leyendo la novela, lo que estaba escrito, sino lo que ella añadía.

Lo que encontraba allí cuando leía, ¿era su miedo o el de Carlos? ¿Era su deseo o el de Carlos?

A menudo se dice que el novelista manipula al lector, pero ella, como lectora, ¿no estaba manipulando, dirigiendo la novela hacia donde ella había decidido leerla? Leer en dirección contraria a lo que está escrito, ¿no era otro acto de violencia, un ejercicio de poder? Atribuirle otro sentido, ¿no era injusto con Carlos?

Apagó el cigarrillo y se sintió más tranquila. ¿De qué tenía tanto miedo? No era más que una novela y Carlos se merecía que la leyera con justicia, sin proyectar en ella sus propios sentimientos.

Hizo otro café para reanudar la lectura en la mesa de comedor.

Mientras salía el café se asomó a la ventana. Seguía

sin amanecer. Las piedras de sangre negra, bajo el vientre de las nubes derribadas, habían ido formando un muro contra el que golpeaba el día, aquel sábado que la noche del viernes retenía como agua embalsada.

Con el segundo café volvió Carmen a la lectura de lo que no era más que una novela.

No amanecía ni a la de tres. Una, dos y tres: noche cerrada. El horizonte estaba descosido, no lograba enhebrarse entre la oscura tierra y el cielo azulado, y pespunteaba apenas la hilera de ladrillos rojos de la tapia del cementerio.

A Toni Riquelme, descalzo y en calzoncillos, aquellos árboles con ramas negras le recordaban una de esas radiografías llenas de sombras que le hacían a su padre. No era la tristeza, era el barrio, aquel barrio donde todas las ventanas daban a los muros del cementerio. Allí hasta las nubes se convertían en animales muertos, a medio desollar, un buey crucificado sin cabeza, colgado de las patas, con enormes costillares como alas en vuelo.

Es este barrio lo que no tiene arreglo, se repite Riquelme, que empieza a estar asustado. Cómo va a acabar esto, si ha empezado con un asesinato. Ya han cruzado la raya. ¿Qué va a contener ahora al Tuercas o al Letrado? ¿Quién va a impedir que el Letrado exija la desaparición de la chica para no dejar huellas? No quiere ni imaginar que Beatriz cayera en manos del Tuercas. Lo peor de todo, lo que no puede dejar de reprocharse, es que es culpa suya, él fue quien propuso el Objetivo.

Cuánto la había detestado. Quería el dinero del rescate, sí, pero también necesitaba que ella le mirara con miedo, que le pidiera ayuda, que se humillara ante él. Sólo eso. El castigo a su soberbia o cualidad o actitud de la persona que se tiene por superior a las que la rodean.

Recordaba sus ojos llenos de suspicacia y superioridad y volvía a llenarse de rabia. ¿Qué derecho tenía a tratarle así? ¿Quién se había creído que era? Quería ver lágrimas en esos ojos, un arrepentimiento sincero. Sólo pedía eso. No iba a hacerle daño, sino a darle una lección. Que comprendiera cuánto se había equivocado al mirarle por encima del hombro. Puede que él no tuviera buenos modales ni negocios de *import-export*. ¿Y qué? Ahora, por ejemplo, ella estaba en sus manos. ¿Quién podía defenderla del Tuercas salvo él?

Pero para eso ella tenía que mostrar un poco más de humildad.

Una, dos y tres, y todavía noche profunda y sin estrellas.

El horizonte mal enjaretado dejaba escapar una humareda surgida de debajo del mármol y las piedras, esa niebla pegajosa que desprenden las lápidas.

Cerró la ventana, hacía frío. Se acercó a la pared, no se oía nada. Por lo menos no había llanto, aunque un poco antes, en mitad de la noche, había oído un grito. Un solo grito. Comprobó que el Tuercas dormía. Era su principal temor, que el grito lo hubiera provocado una visita intempestiva.

Almond miraba la tele y a la vez hacía un crucigrama. ¿Eso era en la película, ese grito?, preguntó Riquelme. Qué va, está sin sonido. Es la tía, explicó Almond, de vez en cuando grita, pero nunca consigue despertarse.

Almond creía que estaba teniendo una pesadilla y que intentaba gritar para oír su propia voz desde fuera y así poder despertarse.

Es muy difícil, concluyó Almond, cuesta mucho rescatarse a sí mismo. Hay que gritar con tanta fuerza que resuene al otro lado de tu sueño y te despierte desde fuera.

No es posible, pensó Toni, nadie puede salvarse; pero no dijo nada por no discutir.

Las discusiones sin fin eran la verdadera especialidad del barrio. ¿Qué corre más, la pantera o el guepardo? ¿Cuál es el cáncer más galopante, el de páncreas o el tumor cerebral? ¿Qué es mejor para un náufrago, beber agua salada o su propia orina? Cualquier cosa les valía, así echaban la tarde y, si había suerte, acababan a puñetazos. ¡La pantera, imbécil! ¡El de páncreas, te lo digo yo! ¡El pis, idiota, que tiene minerales! Se atizaban con una rabia tan pura que no podía ser suya, tenía que haber salido de las tumbas, como esa neblina, y ellos no podían aplacarla. Ni con las discusiones ni siquiera a tortazo limpio. Más tarde recurrieron a los botellines, los porros y los cubatas, pero tampoco. Vinieron los chinos, las pirulas y el caballo, y nada, lo mismo. Luego fueron las pistolas, las navajas y los planes perfectos para atracar un banco, y peor todavía. Todo daba lo mismo. Del barrio no se salía, sólo se cruzaba al otro lado de la tapia de ladrillos rojizos. Era como si ya lo tuvieran dentro del cuerpo, respirado con aquella neblina polvorienta, en los pulmones, dando vueltas a oscuras en las venas.

Tú ibas con los Abriles, dijo Riquelme. No era del todo una pregunta, los dos sabían la respuesta. Era como volver a sacar viejas fotos de una caja de zapatos y mirarlas de nuevo, como si esta vez fueran a provocar una emoción desconocida hasta entonces. A ver, explicó Almond, qué iba a hacer. A Toni Riquelme, cuando murieron sus padres, le recogió el Letrado, don Sebastián Cárdenas, un viejo conocido de su padre. No era abogado, ni siquiera tenía estudios y decían que su dinero venía del tráfico de drogas, pero le llamaban Letrado por su afición a los crucigramas, algo que en La Elipa se consideraba propio de intelectuales. Tú conociste un día al Escalero, ¿verdad?, preguntó Almond y esperó la respuesta que ya conocía: le vi una vez, no sabía quién era hasta que se hizo tan famoso, me ofreció vino de un cartón y de recuerdo me dejó esta cicatriz. Se quedaron los dos en silencio, con una sonrisa triste, como si recordaran algo dulce, pero con tanto detalle y tan despacio que acaba cambiando de sabor y se vuelve amargo.

Ellos no pensaban en sí mismos. Eso ¿cómo se hacía? Y para qué. Cada uno de los trozos de un espejo roto te refleja entero, pero ellos, cuando se miraban a sí mismos, sólo veían fragmentos en un cristal afilado, cada uno sin relación con los demás.

No eran mala gente los Abriles, comentó Almond. Ni Escalero tampoco, era un infeliz, replicó Riquelme, y añadió: era peor que eso, no era nada, no era nadie, era un fuego puesto de pie.

Los Abriles eran gitanos y llevaban el negocio de las flores para los entierros, en los viejos tiempos, cuando el barrio y la ciudad sólo estaban comunicados por las camionetas de la Petra. Luego ya hubo metro y los Abriles estaban en otra cosa, en el trapicheo, a las órdenes del Letrado. La madre de Almond era pariente de unos Abriles, así que acogieron al chico cuando el padre la mató a martillazos y después se ahorcó encima del cadáver, con una cuerda de tender atada a la lámpara. Tampoco eran mala gente los padres de Almond, pero discutían por cualquier cosa, eran del barrio. No podían vivir el uno sin el otro. Se querían. De aquella manera, pero se querían.

El barrio nació como refugio de quienes llegaban a la capital y ni siquiera encontraban acomodo en los descampados del sur. Fugitivos del hambre, de los hombres o de sus propias vidas, treparon a esa meseta por la vertiente este, sobre la cuenca del Abroñigal, más allá del Arroyo de la Media Legua, y pusieron techo a sus viviendas antes del amanecer, para evitar que las autoridades las derribaran. Según la ley, bastaba un tejado, una simple placa de uralita, para que fuera un domicilio y ya no pudieran echarlo abajo.

Eran traperos y cruzaban el río hacia Madrid por el puente de La Elipa, llamado así en recuerdo de la tía Felipa, la única leyenda al alcance de una imaginación en la que no quedaba dónde protegerse del viento.

Aquel pasado legendario, desapareció en los años sesenta, con el Poblado de Absorción, y en su lugar surgieron aquellas viviendas de protección oficial, todas de ladrillo rojo y con toldos verdes, tabiques de papel de fumar, carpintería metálica, gotelé, falso techo y un balcón destinado a un armario escobero y dos bombonas de butano.

Ese mismo balcón de la cocina en el que Riquelme cerraba los ojos, contaba hasta tres y, al volver a abrirlos, seguía sin amanecer. Pensaba en los Burning, un grupo de rock, que triunfaron y consiguieron salir del barrio, pero se estrellaron contra sus propias jeringuillas. Pensaba en Escalero, el famoso criminal, esa llama de odio que recorrió Madrid para volver cada noche a las tapias del cementerio.

Los Burning y Escalero, todo eso fue ya en los ochenta, cuando al otro lado del río la vida parecía fácil y nadie tenía más de veinte años, cuando llegó la heroína al barrio, como traída en la cesta de trapera de la tía Felipa, y luego, al volver la esquina, la sombra de su gancho se convertía en una guadaña.

Almond seguía tumbado en el sofá y fue entonces cuando la oyeron. Socorro, decía, socorro.

Las instrucciones del Letrado eran que, si la cautiva salía de la habitación, tendría los ojos vendados. No podía ver la casa. Ellos, en presencia de la cautiva, tenían que ponerse un pasamontañas. Toni se quedó de guardia en el pasillo, con la pistola en la mano. Almond, en calzoncillos y con pasamontañas, abrió la habitación cerrada con llave. Estaba sentada al borde del colchón y tenía los ojos llorosos. Almond le puso un antifaz de los que dan en los aviones y lo aseguró con cinta aislante. Beatriz temblaba como una hoja. Intentó hablar. Por favor, decía. Cállate. Por favor. Que te calles ahora mismo. Por favor, no me hagan daño, mi padre les dará lo que pidan. A callar, estúpida, dijo Almond y le dio una sonora bofetada en la mejilla. La cabeza se ladeó con violencia, se llevó las manos a la cara y se puso a respirar de manera profunda y entrecortada a causa del llanto. Sollozaba hasta que Almond dijo: ¿No me has entendido? Te callas. Apretó el cañón de la pistola contra su cuello, casi tocando la oreja izquierda. A ella le dio un escalofrío, pero permaneció en silencio, mientras la mejilla abofeteada enrojecía. ¿Quieres ir al baño?, preguntó Almond. Ella dijo que sí con la cabeza. Con una mano sobre su hombro, Almond la llevó por el pasillo.

Tanteó la cisterna y luego se sentó en la taza y se bajó

las bragas cubriéndose con la falda. Apoyó los codos en las rodillas y escondió la cara entre las manos. Se oyó un afilado chorro de pis. Riquelme se ruborizó y apartó la vista.

Entonces lo vio. El Tuercas se había despertado y contemplaba el espectáculo. Ni siquiera llevaba pasamontañas. Riquelme se sintió ofendido y culpable. El chorro de pis adelgazó y acabó en un goteo breve, y la chica movió la mano rozando el azulejo. Riquelme se dio cuenta de que buscaba un portarrollos que no había, el papel estaba en una repisa. Se lo alcanzó. Ella cortó un trozo pequeño y le devolvió el rollo. Luego lo dobló y se metió la mano bajo la falda, entre los muslos. El Tuercas separó la lengua del paladar, donde debía de haberse quedado pegada, y Toni oyó ese ruido seco y súbito que produce el romperse, rajarse o desgajarse algo, como la madera cuando se abre por sequedad o mutación de tiempo. Luego el Tuercas murmuró con voz ronca: pero qué zorra eres. ¿Eso es todo?, preguntó Almond, ¿no quieres ir de vientre? Ella negó con la cabeza y preguntó con un hilo de voz: ¿puedo ducharme? Negativo, respondió Almond. La escoltaron hasta la habitación y le ordenaron que permaneciera con el antifaz puesto hasta que le llevaran el desayuno.

No hizo falta despertar a Trini para preparar un café con leche y dos magdalenas. Almond añadió las dos pastillas prescritas por el Letrado.

Abre la boca. Ella negó con la cabeza. No, por favor, por favor. Como tú quieras, pero va a ser peor: sujétala. Toni se acercó para agarrarla por las muñecas, pero no hizo falta. Está bien, está bien, dijo Beatriz y abrió la boca. Almond le metió las pastillas con los dedos y la obligó a beber el vaso de agua. Si te portas bien, no te pasará nada, le prometió. Cuando cierre la puerta, te puedes quitar el antifaz y desayunas.

En la cocina, Almond le dijo al Tuercas: no vuelvas a ponerte ante su vista sin pasamontañas, ¿lo entiendes? Por esta vez no le diré nada al Letrado. Qué más da, dijo el Tuercas. Tú te lo pones, ¿entendido? Lo que tú digas, pero da lo mismo.

Qué más da, pensaba también Riquelme, esto no acaba bien.

Mira los Burning cómo acabaron. Mira Escalero, el Matamendigos. Míranos a nosotros. Es este barrio, no hay salida, aquí no tenemos ventana de emergencia ni un martillo rojo para hacerla pedazos.

El Matamendigos había nacido en los cincuenta ahí al lado, en una de esas chabolas en las que aún perduraba la memoria del matriarcado de la tía Felipa. De niño paseaba solo entre las tumbas y se hacía cortes en los brazos y las piernas con un cuchillo de cocina. Quería ver su sangre y llevársela a la boca. Un día, con otros chavales del barrio, atracó a una pareja en la oscuridad de la Almudena. A la chica la violaron por turno mientras los demás sujetaban al chico. Salió de la cárcel con treinta años y cuatro tatuajes: el lema «Nacidos para morir», una cruz, un barco y una tumba.

Volvió al barrio y comenzó a mendigar en la ciudad. Cuando iba por la calle, nadie le miraba. Sin embargo, nadie tropezaba con él. Era como si no tuviese cuerpo.

Desenterraba cadáveres, los colocaba de pie, apoyados contra la tapia, y se masturbaba ante ellos. Al otro lado del arroyo Abroñigal, eran los felices ochenta, esos años de la movida, cuando quien más quien menos formaba un grupo de rock o pop, escribía poemas, diseñaba moda o estaba rodando un corto. Escalero en cambio se puso a matar mendigos como él. Uno detrás de otro. Putas, indigentes, vagabundos, mataba a cualquiera que se acercara a compartir su cartón de vino; cruzó el río, se fue del barrio, lo consiguió y recorría la ciudad en busca de alguien transparente como él. A Escalero nadie le veía, pero tampoco veían a sus víctimas: por eso tardaron tanto en darse cuenta de que había un asesino suelto. Sólo años después se conoció que, mientras los demás disfrutaban de aquella movida madrileña, Escalero descuartizaba a sus semejantes. Ni siquiera le escucharon las muchas veces que confesó ante psiquiatras o compañeros de hospital. Cada vez que le llevaban a Urgencias lo contaba todo, pero nadie le hizo caso. Eran invisibles, el asesino y sus víctimas, sombras temblorosas, pegadas a la pared, a su paso todo el mundo apartaba la vista. Escalero mataba con piedras, con navajas, con un martillo. A veces abría en canal los cadáveres y extraía algunos órganos con las manos. Siempre acababa volviendo al barrio, al cementerio, a menudo con trozos de cadáveres metidos en una bolsa.

Cuando por fin consiguió que le detuvieran, tal vez su deseo más intenso, sólo pudieron probar once asesinatos. Él confesó muchos más.

—Le arranqué el corazón y mordí un trozo. Para ver a qué sabía —declaró en el juicio—. No sé por qué me dio por ahí.

Lo decía impávido. Salió por la tele y entonces fueron muchísimos, entre ellos Riquelme, los que sí recordaron haber visto al hombre invisible.

Algunos contaban que, a la puerta de una iglesia, le habían dado limosna y él les había tirado las monedas a la cara.

Riquelme sólo recordaba que le vio sentado en el bordillo de la acera, en la avenida Daroca, con el cartón de vino entre las piernas y un cigarrillo en la mano. El otro alzó el vino, invitándole a beber. Toni siguió andando. A sus espaldas resonó aquella voz que parecía salir del fondo de una caverna:

—No te protejas, da lo mismo, nunca acaba bien.

Eso fue todo, aunque Riquelme siempre ha ido contando que la cicatriz de la mejilla se la hizo el famoso mendigo, de una bofetada, con un anillo que llevaba en el dedo.

Le daría demasiada vergüenza que alguien supiera que se la hizo Trini con las uñas, sólo para dejar claro quién mandaba. Al menos Trini nunca le había desmentido y para Riquelme eso era lealtad, casi amor verdadero.

Una, dos y tres, y seguía sin amanecer.

5 vertical. De siete letras. Empieza por ce, de colisión, y tiene una o, la de perdidos. Carne podrida, particularmente la de un animal muerto y abandonado en el campo.

Carroña. A eso olía la tienda de campaña. A carne corrompida. Aún era de noche, lo supo sin abrir los ojos. Cuando se despertó, su hijo ya no estaba allí. Tocó el saco vacío, todavía estaba caliente. Qué cobarde. Qué traidor. ¿De qué tenía tanto miedo como para escapar en mitad de la noche? Escapar de su propio padre, carne de su carne.

A Carlos le duele la cabeza y recuerda que anoche, al final, se excedió un poco con el whisky. Hay algo áspero y palpitante que le roza bajo los huesos parietales. La lengua y el paladar han fermentado durante el sueño y se han cubierto de musgo o de mantillo. Los globos oculares duelen como piedra, están inflamados, pero hacia dentro, presionando la frente. Tiene una erección descomunal, asombrosa, imperativa. Aunque sabe que se le pasará al hacer pis, piensa a quién podría ofrecérsela, quién merece tanta contundencia. Considera la posibilidad de masturbarse. Desecha la idea: es un padre, tiene una responsabilidad. Su hijo puede volver en cualquier momento. O peor aún: puede estar en peligro. Tiene un deber que cumplir. Imagina a Jorge caído en un barranco, herido, indefenso, atacado por fieras, rodando por el suelo, cubierto de sangre.

Para salir tuvo que abrir la cremallera externa de la

tienda, porque su hijo la había cerrado desde fuera. Si Jorge pensaba volver de inmediato, no lo habría hecho. ¿Qué pretendía entonces? ¿Qué se traía entre manos? ¿Quería acaso retrasarle, impedir que le diera alcance?

No había ni rastro del amanecer. El valle había embalsado una penumbra inmóvil y profunda. Hacía frío y el cielo estaba encapotado, sin una sola estrella.

El pis agitó unas hojas grandes como manos. Tenían flores blanquecinas y rojizas, con muy mal olor. Pensó que quizá fuera una mandrágora. Había oído decir que crecen al pie de los ahorcados. ¿Qué clase de hijo era el que no confiaba en su padre? O quizá no, quizá estuviera en peligro o fuera incapaz de encontrar el camino de vuelta a la tienda. Debería esperar a que fuera de día para buscarle, así recibiría una buena lección. Podía estar con una pierna rota, su hijo era muy torpe, tenía tendencia a tropezar. Daba pena verle andar. Carlos decidió volver a por una linterna, pero entonces oyó un furioso batir de alas y también acometidas, el crujido de algo que se quiebra.

Allí vio a su hijo, tendido boca abajo.

Sin pensarlo echó a correr hacia él. Podría estar desmayado, quizá muerto. Le llamó por su nombre y él se volvió, incorporándose en una postura difícil, apoyado en un codo y llevándose un dedo de la otra mano a los labios.

—¿Qué pasa, Jorge? —le preguntó en voz baja, tras acuclillarse a su lado.

—Tengo mucho miedo, papá.

—No mires. Si te da miedo, no mires.

—No puedo dejar de mirar.

Desde el lugar donde Jorge estaba cuerpo a tierra se

divisaba el promontorio de una roca plana. Seguía sin lograr amanecer, pero justo allí, sobre esa piedra, había una claridad inquietante, un resplandor lunar que pulimentaba el granito. Le puso a su hijo una mano en el hombro y Jorge dio un respingo. Qué pena le daba su hijo. Era tan miedoso. Por fin tenía lo que siempre había querido, estaba en contacto con la naturaleza y míralo, paralizado por el terror, incapaz de apartar la vista de lo que le hacía temblar.

—No tengas miedo. A ti no te puede pasar nada, tú estás vivo.

En lugar de tranquilizarle, las palabras de su padre aumentaron su espanto. El chico parecía haber entendido algo diferente: «mientras estés vivo».

Era difícil distinguirlo, quizá fuera un cordero. Habría abandonado la cañada, el pastor estaría distraído, se habría roto una pata y se habría arrastrado hasta encontrar la muerte en aquella roca. Ahora habían llegado ya las aves rapaces al muladar, tres enormes buitres que clavaban el pico en la carne y apartaban huesos, buscando los órganos blandos y nutritivos, devorando grasa y tejidos, sorbiendo fluidos y sangre.

En pocas horas no quedaría nada más que un puñado de huesos al sol, quizá también algún cartílago olvidado.

Lo mismo sucede aunque se entierren los cuerpos, pensó Carlos: todo lo que muere es alimento.

—Vámonos, hijo, aquí no hay nada que ver —le zarandeaba para sacarle de su estupor—. Además, tenemos prisa.

El chico se levantó de mala gana y siguió a su padre hacia la tienda, volviendo la vista atrás cada pocos pasos.

En cuanto amaneciera, emprenderían la subida.
Pero cuánto costaba que amaneciera.
—¿Por qué has cerrado la tienda por fuera?
—Para protegerte, papá. Por las alimañas.

Se había quedado helada. Sobre todo al pensar que, si en la calle Zurbano hacía ese frío, ¿cómo estarían en la sierra? Se preguntó si Jorge se habría acordado de ponerse la camiseta interior. Ella acababa de abrigarse con una chaqueta de punto sobre la del pijama, pero tenía los tobillos como si estuvieran metidos en el agua de un río. No quería ponerse unos calcetines, prefería ducharse y vestirse. Estar en pijama, a partir de cierta hora, lo consideraba un defecto moral. Eso era abandonarse. Daba lo mismo que fuera sábado, tenía que vestirse después del desayuno, igual que se lavaba los dientes antes de irse a la cama.

Ella tenía razón, Carlos había escrito aquel asesinato casual como el punto sin retorno que amenazaba la vida de la chica. En cierto modo, Carlos también se había propuesto otra vez tener razón, anticiparse a las expectativas del lector, quizá sólo para defraudarlas. Ahora podía salvarla, estaba en sus manos. Quería quedar por encima, salirse con la suya y eso era tranquilizador: volvió a mirar las páginas como lo que eran, una simple novela, más o menos interesante de leer, pero sólo eso, una novela. Inofensiva. Un juego sin consecuencias.

Entonces era ella la que ponía el resto, era su mala conciencia la que añadía las amenazas, las alusiones, los dobles sentidos. Miró de nuevo el manuscrito y se sintió como una niña cuando su madre enciende la luz y se da cuenta de que el hombre malo que avanzaba hacia su cama no era más que un abrigo colgado en el perchero. Aquello era una novela, nada más. Y si a eso íbamos, ni siquiera demasiado buena, aunque mejor de lo que había esperado de Carlos.

Incluso podía acabar todavía en un final feliz. Ahora la chica tenía una oportunidad, desde el momento en que Antonio Riquelme había hablado del primer asesinato como un salvoconducto para pasar a mayores. Ese era el juego: Carlos creaba una tensión y luego le daba un chasco al lector. Si conseguía engañarle, ganaba.

Siempre quería tener razón. Aunque, si era sincera, ella también, no podía evitarlo. Era superior a sus fuerzas. El placer de tener razón era tan intenso que no importaba lo que hubiera que sacrificar a cambio.

A menudo, cuando aún no había terminado, Carmen ya no se acordaba de por qué discutían. Todo valía, cualquier cosa podía dar pie a un enfrentamiento. En qué cajón se guardan las sartenes. Cuándo conviene tomar la fruta, antes o después de las comidas. Cómo se llega mejor a López de Hoyos, en metro o en autobús. Daba lo mismo y, una vez desencadenada, la discusión sólo podía prolongarse hasta su único desenlace posible: un vencedor y un vencido. No había vuelta atrás ni posibilidad de detenerse, ya que al fin y al cabo los dos discutían por placer.

Dos que discuten son como los que salen juntos a beber. Ningún borracho consiente que los demás no sigan bebiendo con él hasta el final. Si le rechazan una invitación a una copa, se ofende. Tampoco un discutidor admite que el otro le abandone, que se dé por vencido sin combatir hasta el último aliento. Vale, qué más da, dejamos las sartenes en el de arriba. Lo que tú quieras, la fruta será más sana en ayunas. De acuerdo, vamos en metro, se tarda igual. Ninguno de los dos aceptaba aparcar así una discusión, al contrario, quien pronunciaba una de esas frases sólo conseguía su propósito oculto: sacar al otro aún más de sus casillas.

Siempre acaban igual los discutidores y los borrachos. Al día siguiente, sólo conservan un recuerdo borroso y hecho pedazos. Están avergonzados, no saben lo que han llegado a hacer o decir. Temen las consecuencias de actos que han olvidado, pero aún les asusta más acordarse de repente de algo que les haga bajar la cabeza. Su única defensa es el rencor hacia el otro, el compañero de juerga, el que tuvo la culpa. Porque siempre ha sido otro el que les ha empujado a beber, a discutir, a perder el control, a empecinarse y a no ceder un milímetro ni perdonar una sola copa.

Carmen y Carlos se engañaban a sí mismos con arrepentimientos teatrales y débiles propósitos de enmienda. Durante la resaca, tras una discusión, se daban cuenta del daño que se hacían, de que estaban echando a perder su vida y su matrimonio. Había promesas, perdones y un dolor sincero que sin embargo no era verdad, sólo la prueba de cuánto se echaban de menos a sí mismos.

Ninguna nostalgia tan dolorosa como la que se siente por la propia vida, esa que uno ha perdido por su mano, la que ha sacrificado a la botella, a la avaricia, al malhumor o a las ganas invencibles de tener razón.

Una y otra vez se convencían de que, si lo intentaban, lograrían hablar sin enzarzarse, sin acabar en una discusión amarga; hablar para entenderse y no para prevalecer; pensaban que podían tomar un solo whisky, sin que se les calentara la boca. Pero nunca conseguían parar y acababan otra vez despertándose a la mañana siguiente sin saber cómo habían llegado hasta allí, tan lejos, con recuerdos aislados y repentinos, cortantes como vidrios rotos; humillados, llenos de rencor y exhaustos, decididos de nuevo a cambiar, esta vez sí, pero no hoy, no ahora mismo, porque hoy necesitan una copa, sólo una, para combatir la resaca.

A partir de mañana.

Así pasaron años de encarnizadas discusiones que ninguno sabía o quería detener, de agravios minúsculos y resentimiento prolongado, de meterse en la cama espalda contra espalda, con la boca cerrada y los ojos abiertos.

Carmen trataba de ser justa: discutir, discutían los dos. También era culpa suya.

Sí, pero es que Carlos, además de discutir, bebía, las cosas como son. Por lo tanto ella tenía razón. Eso seguía pensando, tantos años después: que tenía razón.

Al final acabaron convirtiendo al niño en el objeto de su enfrentamiento. Eso era lo peor. Carmen no era capaz de recordar cómo habían llegado hasta allí.

Trataba de ser justa: no podía echarle la culpa a la abogada. Natalia Garvía se lo puso en bandeja, pero fue Carmen la que lo aceptó. O quizá le empujó a que se lo ofreciera.

Las medidas que obtuvo con la demanda de divorcio equivalían a impedir de hecho que Carlos viera a su hijo y se prolongaron durante un año entero.

Fue como un secuestro, pensó Carmen, fue como si ella hubiera secuestrado al niño y le pidiera rescate.

Entonces, de pronto, volvió el miedo. En cuanto pensó en la palabra secuestro. Eso era. Pero qué hijo de puta. Por eso había elegido ese argumento para su novela, un secuestro. ¿Qué intentaba decirle? ¿A qué estaba jugando ahora? ¿Había una amenaza real en esas páginas que otra vez ya no le parecían una simple novela? ¿Eran un mensaje dirigido sólo a ella?

«Sólo quiero que tú lo leas.» ¿Qué quería decir? ¿Que no pretendía que le ayudara a publicarlo? ¿O que ni siquiera tenía intención de que se publicara? Quizá sólo lo había escrito para que ella lo leyera.

Por eso ahora necesitaba seguir leyendo.

Estaba demasiado nerviosa. Primero se ducharía. Luego, ya vestida, recuperaría la serenidad y podría leer con calma, sin sacar las cosas de quicio, y terminar de una vez la novela, la puta novela.

Lo más asombroso eran las mejillas: daban ganas de abofetearle. Tan sonrosadas y relucientes, sin rastro de barba, suaves como pétalos y con fragancia de vegetación, entre enebro y lavanda, con el aroma de cierto arbusto cupresáceo y el brillo azulado de las flores en espiga.

Riquelme contuvo el deseo de sacudirle un tortazo y le ofreció algo de beber. El Letrado afirmó que un café le vendría de perlas. ¿De perlas? ¿Quién podía permitirse el lujo de hablar así? Aquello era ostentoso, como llevar un sombrero tirolés o como ese Mercedes que usaba el Letrado. Se quitó una gabardina y la dejó en el respaldo de una silla, con el forro hacia fuera. Llevaba un traje gris, gemelos de oro, corbata rojiza y unos zapatos de cuero con suela de goma que parecían seleccionados con acierto entre múltiples opciones. Eran si duda el calzado idóneo para el cielo plomizo y esas nubes oscuras que mantenían a la ciudad en las tinieblas.

Se preguntó cuántos pares de zapatos tendría, quién le haría la raya de los pantalones, de qué tamaño sería su armario. Era tan injusto que él tuviera que sentir curiosidad por todo aquello. Seguro que al Letrado su existencia no le importaba nada o un comino. Ni reparaba en ella. No sentía curiosidad por saber cómo había conseguido la pistola, quién le había hecho la cicatriz en la mejilla o cómo había acabado utilizando los cubiertos como si fueran destornilladores. Prefería no saber cómo vivía Toni. Él en cambio no podía evitarlo. Quería saber, tenía curiosidad. ¿Curiosidad? Casi fascinación. Había intentado mostrar la misma indiferencia, pero no servía de nada. Al final se quedaba embobado mirando los botones de nácar de la camisa azul o los puños almidonados, y quería saber más, todo le interesaba. Y era tan injusto. Nadie podía impedir que los ricos se impusieran por la fuerza, pero ¿por qué tenía además que admirarles? ¿Por qué sentía atracción hacia su ropa, su forma de hablar o la postura que adoptaban al sentarse?

Le llevó el café. Estaba seguro de que iba a decir: ¡delicioso!, pero el Letrado siempre conseguía sorprenderle. Ah, formidable, muchacho, formidable. Eso dijo.

Se tomó su tiempo, como si disfrutar de un café tan formidable exigiera dedicación absoluta.

Riquelme se sintió cautivo. Pensó que el Tuercas, ¡hasta el Tuercas!, era más libre que él. Era un animal, de acuerdo, un primate, pero su propia brutalidad era su escudo, mantenía a salvo su libertad. El Tuercas podía ser dominado, se le podía obligar, podían ejercer el poder sobre él, pero nunca iba a ser seducido. No había amenaza en el mundo capaz de conseguir que el Tuercas deseara comer brotes de soja. Los comería a la fuerza, o si no había otra cosa, pero jamás por gusto: él no se rendiría nunca. En cambio Riquelme había sentido ganas, verdaderas ganas de probar el sushi. Por propia voluntad, tenía que reconocerlo, aunque se avergonzaba. Tanto le había oído hablar al Letrado de las virtudes del sushi, que lo había pedido en un restaurante. Casi vomita, le pareció asqueroso, pero lo peor no fue eso: lo peor fue que seguía deseando que llegara a gustarle. Le sucedía con todo aquello que les gustaba a las personas distinguidas: quería aficionarse a la música clásica, disfrutar de los museos, aprender a fumar en pipa y seguía leyendo a Shakespeare con trabajosa aplicación, porque un libro ayuda a triunfar.

El Tuercas en cambio nunca se haría eso a sí mismo. No cedería, el primate, nunca renunciaría a ser libre por dentro. Al menos por dentro.

Se preguntó entonces si no le estaría ocurriendo lo mismo con esa pazguata secuestrada que se llamaba Beatriz Pancorbo.

El Tuercas sólo quería follársela, que ella se la chupara o hacerse una paja entre sus tetas, apretándolas con las manos. Cosas así, deseos que le pertenecían de verdad a él. No sentía la más mínima necesidad de que ella le respetara o se enamorara de él. Era libre. Mucho más libre que Riquelme. No le hacía ninguna falta que Beatriz le quisiera; a él le bastaba con metérsela.

Riquelme en cambio se sentía capturado, como si hubiera caído en una trampa y el rehén fuera él. Quería que le quisiera, lo necesitaba. Que le escuchara y que le tomara en serio. Le costaba admitirlo, pero quizá hasta renunciaría a follársela a cambio de un poco de consideración. Hacía falta ser pazguato.

Cada vez que Toni Riquelme se paraba a contemplar la anchura y la profundidad de su sometimiento, sentía rabia, aunque fuera impotente para rebelarse.

¿Qué era mejor, ser un animal libre o un ser humano sometido por voluntad propia? ¿Qué era más elevado para el espíritu: sufrir los golpes y dardos de los poderosos, pero sin entregarse a ellos, o tomar las armas contra un piélago de calamidades y, convirtiéndolas en objeto de deseo, acabar así con la propia libertad? ¿Dormir el sueño del siervo satisfecho pero irredento, separado de sí mismo; o despertar a la áspera pesadilla del primate furioso pero libre, por fin unido a su patria verdadera?

—Tenemos mucho trabajo —anunció el Letrado, poniendo fin al soliloquio hamletiano del dubitativo Riquelme, que no sabía cómo vengarse sin hacerse también daño a sí mismo.

Había que establecer contacto con la familia. Era el momento justo: ya estarían inquietos, pero aún no habrían llamado a la policía. Le dio a Riquelme una hoja con un texto impreso, que era lo que tenía que decir cuando llamara. Riquelme lo leyó dos veces.

—Pero... no lo entiendo... no pedimos ningún rescate.

—Por supuesto que no. Escúchame, Toni, muchacho. Estas palabras las van a mirar con lupa. Es todo lo que tienen. Con esas palabras intentarán adivinar lo que no les decimos. En cuanto cuelguen el teléfono, escribirán de inmediato en un papel lo que les digas, para no olvidarlo. Lo van a leer docenas de veces buscando una clave. Van a intentar leer lo que no está escrito.

—Queremos la pasta.

—Eso ya lo saben. Para obtenerla es necesario dejar claro quién manda aquí. Ahora sólo les decimos eso: quién manda. Ellos sólo pueden esperar más instrucciones. Nosotros decidimos cuándo. ¿Qué van a entender al oír esto? Lo único que importa: quién manda. Ahora no pueden actuar, tienen que esperar órdenes. No pueden discutir la cantidad ni la forma de entrega, no tienen nada sobre lo que pensar, nada que hacer, salvo aceptar que están en nuestras manos. Fíjate que tampoco les decimos cuándo les llamaremos de nuevo. Esto es el poder, muchacho, lo único que de verdad existe.

—Pero hay que decirles que no avisen a la policía.

—Qué disparate. ¿Para qué? Sólo conseguiríamos que crean que tenemos miedo. Ni hablar. Ya saben a qué atenerse. Será su propio miedo el que les aconseje no llamar a la policía. ¿No te parece mucho más efectivo, muchacho?

El Letrado siempre tenía razón. Le dedicó a Riquelme una sonrisa condescendiente y luego sacó de su bolsillo una jeringuilla desechable.

—¿Va a drogar a la chica? —se asustó Riquelme.

El Letrado dio la pregunta por no oída, según su costumbre, hasta que Riquelme comprendió por sí mismo que era necesario: la mujer tenía que ser manejable como una muñeca, no podían permitir que les creara problemas.

—¿Y si se vuelve adicta? —preguntó.

—Avisa a Almond para inmovilizarla —respondió el Letrado desoyendo su pregunta.

Estaba dormida, tumbada boca abajo. Había dejado la bandeja del desayuno en la mesita de noche. El vestido de geranios se le había enrollado hasta la cintura y parecía que tuviera el culo al aire, porque la tira de las bragas había desaparecido entre sus nalgas. Riquelme se quedó a la cabecera, listo para entrar en acción. Almond le separó las piernas y la sujetó por los tobillos. El Letrado encontró una vena en el muslo derecho y clavó la aguja. Ella dio un respingo, pero Riquelme la mantuvo inmóvil. Cuando el Letrado apretó el émbolo, ella alzó un poco el culo y tensó los músculos, pero enseguida se relajó. Donde había entrado la aguja, había un hilo de sangre, como si se hubiera caído un botón. Riquelme se fijó en otra marca que tenía cerca de la rodilla. No era la primera vez que el Letrado le inyectaba aquello, fuera lo que fuera.

Volvieron a encerrarla bajo llave.

Riquelme y el Letrado salieron del edificio con un intervalo de diez minutos y se encontraron en la cabina frente al Vicencio. No hubo ningún problema, fue el padre el que respondió al teléfono y, sin dejarle hablar, Riquelme le soltó el texto que había memorizado.

—Buen trabajo, muchacho. Ahora se quedarán a solas con su miedo hasta que estén a punto de caramelo.

Tenía que haberle dado aquella bofetada, pensó Riquelme.

De nueve letras. Horizontal. Tiene una o de perdidos y la i de colisión. Lo está el que ha sido sacudido o trastornado por una escena de ternura, amor o padecimiento.

Conmovido, así estaba su hijo: no quería desayunar. Tuvo que convencerle de que tomara algo. Era de día, aunque con la oscuridad de un atardecer de invierno. Las nubes parecían hojas caídas y aplastadas en el barro, pisadas por animales que huyen. Carlos sorprendió a su hijo mirándole el temblor de las manos.

—Date prisa —le ordenó—. Tenemos que irnos. Si ya has acumulado suficiente energía.

Sabía que su hijo no se atrevería a preguntarle por qué tenían tanta prisa.

No estaba seguro de cuánto tiempo tardarían en llegar hasta el refugio, pero más le valía llegar antes de las doce. A Yolanda no le gustaba que él la hiciera esperar.

Él, a quien ya había esperado durante ocho años, hasta que se separó de Carmen, precisamente él no podía permitirse ningún otro retraso. Ni uno solo.

Se preguntó de nuevo por qué no le había dicho a su hijo que se encontrarían con Yolanda.

Jorge sabía hacía tiempo que su padre tenía una nueva pareja y, aunque afirmaba que le parecía muy bien, ejercía en silencio una constante hostilidad que abarcaba desde la simple antipatía al sabotaje. Era una guerra no declarada y cada vez más sangrienta, y en la que los dos contendientes tenían el mismo rehén: él, el pobre Carlos, la víctima no beligerante. No podía querer a su novia sin que su hijo se sintiera herido ni podía querer a su hijo sin que su novia lo convirtiera en una agresión contra ella.

Por lo menos no hacía calor. Estaba oscuro y había una niebla que mojaba la ropa y hacía difícil orientarse. Entre las nubes, iba saliendo el sol como una mano que se agita bajo la sábana, pero no aumentaba la temperatura. Tras casi una hora de marcha cuesta arriba, apareció la fuente de la Concordia. Ahora sí sabía dónde estaban, eso lo conocía bien. Desde allí partían dos caminos que desembocaban en el refugio. El del este era la ruta de la Requerida, una ancha pista forestal que podía recorrerse en Land Rover. El del oeste era el camino del Hierro, que parecía idéntico, pero a unos doscientos metros se convertía en una trocha diminuta entre un bosque de pinos. Por la Requerida llegarían en dos horas; por el Hierro, en menos de una hora. Sin embargo, el Hierro era peligroso, podían perder la senda sin darse cuenta y acabar encerrados en el corazón del bosque. Mejor subir por la Requerida, sin correr riesgos. Cuando estuvieran arriba, tendría tiempo de hablar con su hijo antes de que viera a Yolanda.

Bebieron del chorro helado de la fuente, llenaron las cantimploras y se pusieron en marcha.

—En un par de horas llegaremos.

Su hijo no contestó de inmediato y, cuando lo hizo, no le miró, sólo dijo:

—¿Hay alguien allí?

Más que una pregunta, a Carlos le pareció una sospecha. Ese era su hijo, el chaval receloso que había criado Carmen, su criatura, el que siempre atribuía a su padre una intención oculta.

—No creo, pero a lo mejor aparece Yolanda, si acaba antes el trabajo.

¿Había sonado tan casual, tan inocente como él pretendía, o le había temblado la voz?

—¿Has quedado con Yolanda?

De nuevo su hijo no parecía estar haciendo una pregunta.

—No hemos quedado y no creo que venga. Pero nunca se sabe. ¿Por qué? ¿No quieres que venga?

—Me da lo mismo —dijo Jorge mirando al suelo y con ese tono que a su padre le sacaba de quicio.

Le daba lo mismo y lo decía con la resignación del que se rinde ante algo superior a sus fuerzas.

Su hijo se empeñaba en ver a Yolanda como la madrastra de un cuento, la bruja despiadada, no había forma de quitarle esa idea de la cabeza, donde la había implantado su madre, por supuesto, y la había enterrado a gran profundidad en el interior del chico, más allá del alcance de la razón, inaccesible a los hechos, al sentido común, al amor que Jorge pudiera sentir hacia su padre; escondida al fondo del armario, bajo los jerséis de invierno, como un instrumento de magia negra, un mechón de pelo, recortes de uñas, una muñeca con alfileres clavados en el corazón. Esa mujer, así la llamaba Carmen delante del niño. La putilla, la tía esa, esa mujer, como un sortilegio, cada palabra remachaba la misma imagen de la malvada que se acostaba con su padre para hacerse dueña de su voluntad.

Así había crecido su hijo, oyendo esas cosas; así se había alejado de él y le había perdido el respeto. Jorge sólo veía a Yolanda a través del despecho de Carmen.

Para Jorge, Yolanda sería vieja, qué iba a ser una mujer de más de treinta para un chaval de catorce.

El propio Carlos sabía que ya no era aquella chica de diecisiete, pero recordaba que lo había sido. Se obligaba a recordarlo. Había sido una niña en sus brazos, cuando él ya era un hombre. Y esa niña había estado desnuda en su cama, eso no lo podía olvidar sin olvidarse de sí mismo. No podía olvidar que había abortado un hijo suyo y que había sido abandonada como un trapo.

Pero recordarlo no ayudaba en nada, ni siquiera le servía de consuelo.

Su hijo no podía ver a la chica de diecisiete que se entregó a él, sólo veía a una mujer malhumorada, de piernas cortas y tobillos gordos, de piel áspera, una mujer que siempre conseguía sentirse agraviada, una persona vindicativa, impaciente y grosera. Su hijo veía a la mujer que se concedía por fin el derecho a ser egoísta y a reclamar las deudas. ¿Una visión desfigurada, distorsionada por su madre? No del todo: Carlos también veía a esa mujer. Pero no sabía qué podía hacer él. ¿Qué más tenía que pagar, hasta dónde, con qué, si él ya no tenía nada y casi ni siquiera a sí mismo?

Se veía suspendido en el vacío, levantado del suelo e inmóvil entre dos campos de fuerza, dos imanes que tiraban de él cada uno hacia un lado. Yolanda por allí. Jorge y Carmen por allá. Todos tenían razón, todos tenían derecho, pero qué más daba. ¿Iban a despedazarle cargados de razón?

Subían a buen paso, su hijo resoplaba, pero sin aflojar; estaba decidido a portarse como un hombre. Carlos sentía unos pinchazos bajo las costillas. No era cansancio, los conocía muy bien: necesitaba una copa. Miró el reloj. Era temprano, tendría tiempo de hablar con su hijo antes de llegar. Había querido hacerlo por la noche, era el momento oportuno, los dos solos, frente al fuego. No recordaba bien qué se lo había impedido. Algo en su hijo, algún comportamiento infantil y caprichoso, le había llenado de desaliento. Ya no tuvo ganas de hablar con él de hombre a hombre y ahora tenía que hacerlo antes de que se encontraran con Yolanda.

Estaban a punto de alcanzar un repecho cuando Jorge se dirigió a él con una voz extraña:

—No estamos solos. Ella está allí. Está esperando.

Su padre pensó por un momento que era una información procedente del interior de su hijo, una revelación que se había abierto paso desde las tinieblas de su corazón. Sin embargo, enseguida vio la columna de humo sobre el tejado del refugio.

Era verdad: ya no estaban solos.

De nuevo se sentía tan intranquila que llamó a su hijo. Eran las diez de la mañana y el teléfono estaba apagado o fuera de cobertura.

¿Qué quería decirle Carlos con ese manuscrito? A lo mejor, como el Letrado, sólo pretendía dejar claro quién mandaba. El que escribe tiene poder, el que lee se somete. ¿O era aquella novela un mensaje pidiendo rescate?

La chica indefensa, casi desnuda y a la que acababan de inyectarle alguna droga le recordaba a su hijo. Pensaba en Jorge como si estuviera secuestrado. ¿No era ridículo? Sólo estaba pasando un fin de semana con su padre.

Una cosa tenía clara Carmen: ella también estaba sola, impotente, esperando instrucciones, como los padres de la chica, y no tenía más remedio que seguir leyendo. Tenemos a su hija, tengo a tu hijo: era el mismo mensaje. Si quieres que vuelva, obedece, sigue leyendo.

Recordó sus cabezas descendiendo por el hueco del ascensor. Cuánto se parecían en ese momento el padre y el hijo y qué poco se conocían el uno al otro. A Jorge lo había criado ella y la verdad es que al chico su padre le daba un poco de miedo. Cuando hablaba con él por teléfono, a Jorge le cambiaba la voz.

Se sobresaltó al oír el móvil. No era su hijo. Estaba tan nerviosa que se lo soltó sin pensarlo:

—Estoy leyendo la novela de Carlos.

—¿Qué novela?

Tras la explicación, Cristina Maroto se quedó un instante en silencio.

Había sido indiscreta, porque sabía que Cristina había estado viendo a Carlos después del divorcio, antes de que apareciera de nuevo esa mujer, Yolanda. Ella misma se lo había contado. Cristina también se había separado hacía poco, ambos se desahogaron, se consolaron y se aburrieron el uno del otro en muy poco tiempo. Carmen no sintió celos, incluso se sintió halagada. En realidad, ¿qué tenían Carlos y Cristina en común si no era ella? Ella, la ex mujer y la mejor amiga, tenía que haber sido el centro de sus conversaciones, el lugar de encuentro, el deseo que latía bajo esa improvisada atracción que creían sentir el uno por el otro. Están teniendo una aventura, se dijo en aquel momento Carmen, pero sólo trata de mí, soy la protagonista, el único argumento de su historia.

—Carmen, no sé de qué me estás hablando —le explicó por fin Cristina—. Primera noticia de que Carlos haya escrito una novela.

—Él me ha dicho que la publicáis en tu casa.

—¿Estás segura de eso?

Carmen volvió a leer la nota manuscrita.

—Eso dice, editorial Cosmos.

—Qué raro.

Cristina le dijo que iba a enterarse, que haría unas llamadas y luego hablarían. Carmen no sabía qué pensar. Tenía la certeza de que el motivo por el que Carlos quería que ella leyera su novela sólo lo descubriría en el propio libro. La respuesta se la daría la lectura, pero a ella no le resultaba tan fácil seguir leyendo: sabía demasiado. Leía demasiado, más de lo que había en la página: leía lo que no estaba escrito. A lo mejor ese era el obstáculo: buscaba algo entre líneas y eso le impedía ver lo que tenía delante de los ojos.

Leía pensando en Carlos o en su hijo. El poeta joven de *La luz azulada*, el Carlos Mendoza profesor de bachillerato que ella había conocido, se parecía un poco a la parte más sensible y menos abrupta de Antonio Riquelme, así era el hombre con el que se había casado. El hombre del que se había separado, en cambio, era el que tenía la ambición de escribir una novela: era Riquelme después de comprarse la pistola. El autor de *Sobre la mujer muerta* era Toni Riquelme con una SIG-Sauer P226 en el bolsillo, un hombre capaz de cualquier cosa y al que aún le quedaban diez balas de nueve milímetros.

Se preguntaba también si Beatriz Pancorbo, la mujer secuestrada, tendría algo que ver con su hijo. Carmen había educado a Jorge para que fuera un Maldonado, en lugar de un Mendoza. Ella siempre había dejado claro que Jorge era de mejor familia que su propio padre. ¿Sentía Carlos hacia su hijo el mismo rencor y el mismo amor dolorido que sentía Riquelme por Beatriz Pancorbo? Tenía que seguir leyendo para conocer sus intenciones.

Se vistió de profesional independiente en día festivo, con vaqueros, zapatillas deportivas y una camiseta de una universidad norteamericana. Cuando terminó de atarse los cordones, sonó el teléfono. Cristina Maroto le propuso tomar un aperitivo juntas.

Fue Carlos, quién si no, el que le hizo notar que son los pobres los únicos que van endomingados, todavía se visten con lo mejor que tienen los días libres. Los ricos, los fines de semana, se ponen ropa cómoda y sencilla, como si por fin fueran a trabajar con las manos.

¿Y qué? Eran características de Carlos esas observaciones que nunca llevaban a ninguna parte. Como Guillermo Brown, él se limitaba a constatar un hecho.

Al menos en la indumentaria tenía razón, pensó Carmen, porque en el Café Hispano estaban los mismos que cualquier martes iban de corbata, pero un sábado por la mañana llevaban camisetas de algodón, cazadoras o chaquetas de pana.

Cristina le aseguró que *Sobre la mujer muerta*, de Carlos Mendoza, era desconocida en la editorial. No sólo no había un contrato de edición, sino que jamás la habían recibido ni oído hablar de ella.

A Carmen no le sorprendió tanto:

—Lo haría para no presionarme, para que no me sintiera obligada.

—¿Tú crees? ¿Te parece propio de Carlos?

—Tú me dirás.

—Yo no he vuelto a verle —dijo Cristina y le cogió una mano por encima de la mesa, mirándola a los ojos—. Lo que pasó ya está olvidado. ¿Aún te importa?

¿Le importaba? ¿Le había importado alguna vez? Ya ni se acordaba.

—No tiene ninguna importancia.

—¿Hay algo raro en todo esto, Carmen? Te veo intranquila.

—Se llama la mujer muerta y está dedicado «Para C.M., *in memóriam*». ¿Te das cuenta? Ce Eme: Carmen Maldonado.

—O Cristina Maroto, si a eso vamos. ¿De qué trata la novela?

—Es una novela negra, un secuestro. Una banda rapta a una chica. Hay violencia y sexo grosero, todo es un poco desagradable. No es gran cosa, se puede leer, pero poco más.

—Me recuerda a algo. ¿Has hablado con él de la novela?

—Aún no la he acabado.

—¿Te dio el manuscrito y no has vuelto a hablar con él?

—Está de excursión, se ha llevado a Jorge a la montaña, al Guadarrama.

—¿Los dos solos?

—Eso dice él, pero a lo mejor se presenta esa mujer.

—¿La morena culona?

—Sí, su ex novia, Yolanda. Es como el Guadiana, pasó todo mi matrimonio bajo tierra y mírala ahora.

—¿Has hablado con el chico? —Cristina parecía alarmada.

—No hay cobertura.

—¿En el Guadarrama? Imposible. ¿Adónde han ido exactamente?

—Ni idea.

—Yo te lo digo: a La Mujer Muerta. Es una montaña.

—¿El nombre de una montaña? No tenía ni idea. Esa mujer, Yolanda, tiene una cabaña en la sierra.

—Lo sé —le costó admitir a Cristina—. Carlos me llevó una vez. Está cerca de La Mujer Muerta.

Carmen desvió la mirada para no delatarse. Así que había estado con Cristina en aquel refugio. ¿Cuánto había durado entonces aquella aventura que no tenía la más mínima importancia y que en realidad había protagonizado Carmen?

—Qué casualidad.

—En la vida no hay casualidades. Eso déjalo para las novelas.

Cristina le explicó que el Pico de la Pinareja, la Peña del Oso y el Pico de Pasapán forman un cordal montañoso que, visto desde el lado de Segovia, parece una mujer tumbada boca arriba, con los brazos cruzados y cubierta por un velo.

Según dijo, afirmaba la leyenda que dos hombres luchaban a espada por la misma mujer. Ella se interpuso para separarlos y la atravesaron las espadas de los dos combatientes, cada una por un lado. Tras su muerte, durante la noche, se desencadenó una tormenta. El agua y el viento cambiaron la forma de los montes hasta modelar el cadáver de la mujer como una gigantesca escultura yacente. La Pinareja le prestó la cabeza de piedra; la Peña del Oso, el pecho inmóvil; el Pico de Pasapán, los helados pies.

Dame, dame, dame. Esa era la única palabra que repetía, pero ¿qué era lo que tanto necesitaba? Cocaína, heroína, láudano, morfina, qué sabía Riquelme, que nunca había tenido en sus manos una jeringuilla; alguna sustancia que creaba hábito y de la que a ella ya le resultaba muy difícil prescindir. Lo que le estuviera inyectando el Letrado. Lo que la mantenía desmadejada, débil, desmalazada, suplicante, inofensiva, entre zombi y guiñapo.

Dime, decía él, dime qué te pasa. Dame, respondía ella, dame lo que tengas. Dímelo, dámelo. Dámelo. Dímelo. De ahí no les sacaban; ella, acurrucada en la cama, de medio lado; él, de pie a la cabecera.

Estaba sucia, desgreñada, con los labios cuarteados, la ropa arrugada, las uñas mordidas y una voz que parecía el roce entre dos piedras, debido a la falta de vibración de las cuerdas vocales. Por los muslos y los tobillos tenía un reguero de picaduras y hematomas. Pero ¿acaso no era así, humillada y desmoronada a sus pies, como él había querido verla?

Pues sí y no.

Como de una pared mal enlucida, se había desprendido de ella el revoque de la altivez, el yeso de la soberbia, la cal viva de la confianza en sí misma y la arena fina y suelta que la hacía sentirse a salvo; y quedaba a la vista la mampostería de facciones irregulares, los guijarros y deseos voraces sin hilada ni vergüenza, pedruscos, miedos sueltos de distintos tamaños, sin argamasa ni escuadra, sus huesos desiguales, de caderas anchas y escápulas estrechas y voladizas, que sobresalían del paramento de la espalda, y esa sed sórdida y ardiente de sus venas: dame, dame, dame.

Cómo no le iba a complacer el despedazado anfiteatro, el amarillo del jaramago que se abría paso entre el mármol quebrado, los zarzales, los charcos, el estrago de la grandeza de Beatriz Pancorbo, ahora rendida y jadeante, sin el enfoscado de su buena familia, con agujeros y vigas a la intemperie y teniendo que pedir permiso hasta para hacer pis.

Le complacía, sí, pero, por otra parte, aquello era muy desagradable. Porque él no había intervenido en esta ruina: era obra del espanto y de las inyecciones. Lo que Riquelme necesitaba era que se diera cuenta, que viera la luz y que al final pudiera contemplarle tal y como era, entero y verdadero, mirarle sin prejuicios, con claros ojos limpios, y quererle, sí, por qué no, por qué no iba a quererle ella a él, a Antonio Riquelme.

—Dame, por favor, dame.

—Dime qué es lo que quieres, por favor, dime.

Ella se incorporó y se sentó al borde del colchón. Riquelme retrocedió un poco, le ponía nervioso su proximidad. Ella le miró desde abajo, con las pupilas muy dilatadas y ojos extraviados. El sudor le había pegado el pelo a la frente y, en las comisuras de los labios, tenía saliva reseca. Se llevó las manos a los tirantes del vestido y se los bajó. Se sacó las tetas y las levantó empujando hacia arriba con las palmas de las manos, mientras repetía: dame, dame, dame.

Riquelme se enfureció. Era intolerable. ¿No era eso lo que quería, verle las tetas? ¡Pero no así! No sabía cómo explicarlo: no quería verla desnuda, sino desvestida.

—¡Tápate! —ordenó, pero antes echó un vistazo, los seres humanos eran así.

Parecía que hubieran sido deshinchadas, se extendían sobre las manos como charcos de lluvia, sin rastro de pezones, sólo dos costuras fruncidas, dos pespuntes carnosos y rojizos de los que se desprendían hebras de venas azuladas.

No era eso lo que él había querido ver, no así, y ella seguía, la pazguata, como una idiota, con la mirada perdida y balanceando las tetas con las manos.

—¡Que te tapes!

—Dame, anda, dame un poco.

No podía soportarlo.

No comprendía cómo se las arreglaba ella, o de qué forma estaba organizado el mundo, para que al final ¡fuera él quien acabara humillado! Ella estaba a sus pies, convertida en un pelele, monigote o mequetrefe, o cualquier término que se aplique a la persona que se deja manejar por otros u obra al dictado de otros; y él, que tenía la pistola, él era el que recibía la ofensa y el que resultaba perjudicado por cualquier acción o suceso.

Sintió ganas de llorar.

Él no era el Tuercas, por quién le había tomado. Él no quería eso, no se conformaba con eso. Sí quería verle las tetas, pero así no. A él no le daba igual, como al Tuercas, él no era libre, sino esclavo de su sensibilidad: eso le pasaba por ser demasiado bueno y por haber dedicado tanto tiempo a la lectura. A él no le bastaba con sus tetas, ni vistas ni al tacto, quería más, quería que ella deseara enseñárselas, quería las tetas y también el deseo, la voluntad de Beatriz. El Tuercas tenía suficiente con follarse a las tías, el noble bruto. Él no: Riquelme tenía ambiciones. Necesitaba llevar a cabo algo tan grandioso, tan imponente y tan aterrador como ser querido por aquella mujer.

Por un lado, se sentía superior al Tuercas: él poseía un espíritu cultivado. Por otro lado, ¿el verdadero depredador, el insaciable, no era más bien él? Él, a quien no le bastaba que le entregara su cuerpo, sino que también necesitaba doblegar su espíritu: que ella le quisiera.

Puede. Y qué. Él no podía soportar a aquella aturdida mujer que sólo le ofrecía su cuerpo.

—Tápate —le repitió—. No va a pasarte nada. Yo te protegeré.

Entonces se quitó el pasamontañas, qué más daba: ni el Tuercas ni Almond se lo ponían ya. Ella no dio muestras de haberle reconocido. Como si tal cosa. Eso también dolía.

—Dame algo, dame un poco.

—Confía en mí.

—Tú eres el único que nunca me da —dijo con voz de niña enfurruñada.

Muy bien, así que todos los demás, desde el Letrado a la Trini, la atiborraban de aquella droga. Así estaba: hasta las orejas.

Riquelme no sabía qué hacer. Ella seguía con las tetas por fuera del vestido y se llevó las manos al borde de la falda. Comenzó a subirla mientras separaba los muslos con una sonrisa que intentaba ser traviesa y seductora, pero desembocaba en la idiotez. A Riquelme le dio rabia comprobar que se estaba empalmando. Ella acercó una mano a su cintura y él la abofeteó con el envés de la mano, de izquierda a derecha. No se lo esperaba y el impacto la hizo caer hacia atrás, con la cara vuelta de medio lado. La cabeza golpeó contra el tabique. Subió los pies a la cama, flexionó las rodillas y se acurrucó contra la cabecera, tapándose la cara con las manos.

Riquelme recogió la bandeja del desayuno y salió sin decir palabra.

Al entrar en el salón oyó la risa simulada de Trini.

—Nada menos que todo un hombre —decía—. ¡Ay, Riquelme, Riquelme! Así que ahora ya pegas a las mujeres.

Estaba en el sofá, despatarrada con los pies encima de la mesa, viendo sin sonido una de las interminables pelis porno del Tuercas.

—Tú estás celosa.

Trini volvió a imitar el sonido de una carcajada:

—Tú no comprendes a las mujeres, tú no tienes ni idea.

Vertical. De nueve letras. Tiene dos des, una es la de conmovido. Causa o fuerza a la que se atribuye la determinación de lo que ha de ocurrir.

Fatalidad. Era una fatalidad: su hijo tenía razón, lo había adivinado. Yolanda estaba esperándoles. Había venido en el Land Rover, con provisiones y muy poca paciencia. Jorge tampoco estaba dispuesto a ceder un milímetro. En cuanto la vio, puso mala cara y salió de la cabaña.

—Necesito un whisky —le suplicó él a Yolanda.
—¿Ya habéis hablado, Charly?
—Estamos en ello, no ha habido ocasión.
—Pues entonces vete y vuelve cuando tengas valor.
—Yoli, por favor.
Ni contestó.
—Sólo una copa. La necesito para hablar con Jorge.
Tampoco contestó.
—Dámelo, por favor —decidió insistir.
—Díselo.

Encontró a Jorge inspeccionando el tronco de un árbol y le ofreció dar un paseo por los alrededores.

—No sé, hace mucho frío.

Desconfiaba. De su propio padre. Al final obedeció, pero de tan mala gana que Carlos decidió soltárselo a bocajarro:

—Jorge, tú ya eres mayor, tengo algo que contarte. Una buena noticia muy importante. Vas a tener un hermanito.

El chico fingió una aterrada sorpresa.

—¿Un hermano? —preguntó, y su padre se convenció de que estaba haciendo teatro: eso también lo sabía ya o lo había adivinado.

—O una hermana, aún no se puede saber.

—Pero mamá no está embarazada.

Quería oírselo decir, el pequeño cabroncete. Sólo se proponía obligarle a decirlo.

—Jorge, Yolanda y yo vamos a tener un hijo. Y tú vas a tener un hermano.

A pesar del cielo nublado, el chico torció el gesto como si el sol le diera en la cara. El padre le preguntó si estaba contento.

—No sé —respondió sin levantar la vista del suelo.

Eso es, pónmelo todo lo difícil que puedas, grandísimo hijo de tu madre, pensó Carlos. Habían dejado de andar y estaban uno detrás del otro.

—Tienes que quererle mucho —dijo el padre.

—¿Lo sabe mamá?

—Todavía no. Quería que fueras tú el primero en saberlo: es tu hermano.

—Tiene que saberlo mamá.

—En cuanto volvamos se lo decimos juntos, ¿de acuerdo?

—Aún no hemos llamado a mamá ni una sola vez.

—Por la tarde la llamaremos. Pero de momento ni una palabra, estas cosas nunca se dicen por teléfono.

Luego le preguntó qué prefería, niño o niña.

—No sé —volvió a decir Jorge con el mismo tono amargo—. Me da lo mismo.

Regresaron al refugio con la cabeza baja y evitando mirarse, como si en el monte hubieran tenido un encuentro del que ambos se avergonzaran, que hubiera dejado al descubierto su propia cobardía y lo que cada uno de ellos intentaba ocultarse de sí mismo.

Yolanda estaba encerrada en la habitación. Jorge se sentó en el suelo, apoyando la espalda contra la pared. Carlos llamó a la puerta y Yolanda abrió y cruzó los brazos.

—¿Ya? —le preguntó.

—Ya.

Le entregó una botella de Cutty Sark.

—¿Cómo se lo ha tomado? —preguntó Yolanda, en voz baja.

—Bien, pero aún está bajo el efecto de la sorpresa.

Eso era lo que necesitaba: el primer trago le devolvió a un universo comprensible, en el que las cosas y las personas permanecían en reposo y no avanzaban hacia él todas a la vez con exigencias intempestivas, perentorias, incompatibles entre sí.

Su hijo se levantó y salió del refugio. Había dejado la puerta abierta. Yolanda la cerró y luego se volvió hacia Carlos mirándole con lástima. Ya se estaba sirviendo el segundo vaso. Ella también salió sin decir nada.

Muy bien, que hablaran a sus espaldas todo lo que les diera la gana. Él ya no podía más, no iba a salir a vigilarles, no iba a ayudarles a entenderse, no pensaba ponerse a templar gaitas. No estaba dispuesto, en una palabra, a seguir haciéndose cargo de todo, a ser el gozne entre las hojas batientes de unas vidas que sólo daban paso hacia sí mismas. Esta vez no: ahora se iba a quedar en el interior y se iba a beber la tercera copa, la mejor, su preferida, la que ya se bebe sin ansia, acompañada de un cigarrillo. Que se sacaran los ojos uno al otro, a él le daba lo mismo.

Volvió primero Yolanda, con las mandíbulas tan apretadas, la espalda tan derecha y la cabeza tan alta, que Carlos decidió no preguntar nada. No valía la pena.

Tampoco hizo falta. Tras un par de teatrales gemidos, Yolanda respondió a la pregunta que él no había hecho:

—Tenemos que hacer algo con ese chico. Lo único que pretende es hacernos daño, Charly.

Lo que más asustó a Carlos fue el plural, ese «tenemos». Jorge era su hijo, no el de Yolanda.

—Dale tiempo para asimilar la noticia.

—No sé qué más tiempo necesita.

—Por la tarde hablaré otra vez con él —tuvo que prometer. ¿Cuántas promesas tendría que acabar haciendo?

Luego volvió Jorge. Comieron en silencio el pollo asado que había traído Yolanda.

Carlos durmió la siesta y, cuando se despertó, estaba solo en el refugio.

Hacía frío y el viento soplaba impregnado de humedad. Las nubes avanzaban hacia La Estarcida desde la cabeza de La Mujer Muerta.

Yolanda salía del bosque de pinos andando muy deprisa. Cuando vio a Carlos, se puso las manos a la espalda y disminuyó la velocidad.

—¿Dónde está Jorge? —preguntó Carlos.

—No le he visto.

—Cuida a mi hijo, Yolanda —no pudo evitar decírselo.

—¿Tu hijo? Si es tu hijo, cuídale tú. No soy la niñera de tu hijo.

—¿De dónde vienes?

—¿Es que ya no se puede ni dar un paseo?

Se metió en la cabaña sin dejar que él le viera las manos y cerró la puerta.

Carlos caminó por donde ella había venido y se internó en el bosque. Las ramas de los pinos no dejaban pasar la luz. El suelo era un manto pegajoso de pinocha. Allí no había nada y era difícil de creer que Yolanda hubiera ido a dar un paseo por el corazón de aquel bosque, donde costaba trabajo andar.

Recorrió en vano los alrededores y volvió a la cabaña.

—No está por ninguna parte —le dijo a Yolanda.

—No son ni las siete, Charly, estará dando una vuelta.

Cuando Carlos se puso otro whisky, Yolanda le dijo.

—Qué ganas de montar numeritos tiene tu hijo.

—Se ha sorprendido con la noticia.

—Odia a Carlitos, eso es lo que le pasa.

Carlitos, así llamaba Yolanda al hijo que llevaba en su vientre. En cambio hablaba de Jorge con una indiferencia hiriente, como si deseara que desapareciera para siempre de sus vidas, tragado por las tinieblas.

—No sé qué hacer —confesó Carlos.

—Llámale al móvil.

No le dijo a Yolanda que él tenía los dos móviles, ambos apagados. Fue corriendo al refugio a por los teléfonos.

En cuanto encendió el de Jorge comprobó que no había ninguna llamada perdida, salvo las de su madre. Tenía el teléfono en la mano cuando empezó a sonar. Era Carmen, oyó su voz y colgó sin decir nada. Encendió el suyo, en el que tampoco había llamadas que no fueran de Carmen. Se guardó los dos teléfonos en el bolsillo.

—No ha llamado y no contesta —le dijo a Yolanda.

Entonces se le ocurrió: ¿y si hubiera llamado a su madre? ¿Era capaz de hacer algo así?

Jorge estaba furioso, tenía celos, sentía rencor hacia él. Pues claro que era capaz de bajar hasta Cercedilla para encontrar un teléfono.

—Ya volverá. Sólo quiere llamar la atención.

—Creo que habrá tormenta.

—Entonces volverá en cuanto empiece a llover. Vamos dentro, Charly.

Yolanda entró en la cabaña y cerró la puerta.

Carlos se dio cuenta de que estaba a punto de llorar. Sentía vergüenza de que el amor por su hijo le hiciera llorar sin querer, de que su hijo mereciera aquellas lágrimas. Ese niño de su madre, ingrato y vengativo, que se había perdido de vista sólo para hacerle daño a él.

Miró hacia el bosque y gritó varias veces:

—¡Jorge, Jorge, Jorge!

Así que la famosa y amenazadora mujer muerta no era más que una montaña y C.M. podía ser el recuerdo de otra mujer.

Este era el problema de la lectura, proyectas sobre el texto la sombra de tus deseos o de tus temores, tu propia sombra que oscurece la página hasta que sólo lees lo que esperabas leer, y todo trata de ti, y si hay una mujer muerta, no puede ser una simple montaña, ni siquiera otra mujer, qué va, tienes que ser tú, tu propio cadáver, quién si no. Lees lo que no está escrito y, a partir de ahí, construyes al autor a la medida de tu lectura. Porque no es el autor el que crea el libro, sino al contrario: es el libro el que, para ser leído, exige un autor y por lo tanto lo construye a su imagen y semejanza.

Lo escrito está siempre lleno de contradicciones, de cambios de tono, de callejones sin salida, de omisiones alarmantes o detalles innecesarios: sólo la fe en el autor resuelve el sentido de la lectura, sólo se puede leer creyendo que hay un autor, alguien que se haga responsable.

El autor está dentro del libro, no fuera; es el libro el que, para ser leído, nos obliga a imaginar que tiene un autor. Inventamos al autor como inventamos dioses. ¿Qué pinta aquí esta infumable descripción de tres páginas? Confía en el autor: sus caminos son inescrutables, pero él sabe hacia dónde vamos: escribe derecho con renglones torcidos. ¿Qué sentido tendría leer sin fe, si no creyéramos en el más allá, en un autor fuera del libro y que lo ha creado, alguien que tiene una explicación para el capítulo que no nos merecemos, una razón que justifica esos diálogos sin sentido, un final feliz que nos redima de tanto aburrimiento?

Quizá por eso hablan los críticos de «la intención del autor», como quien habla de «los designios del Señor».

Aunque conocía la teoría, a Carmen, en la práctica, no le resultaba tan fácil creer en ese autor construido por la propia lectura, por la sencilla razón de que ella sí conocía de verdad al tipo que había escrito *Sobre la mujer muerta*. Demasiado bien. Más de lo que le habría gustado.

Cristina Maroto se había ido a comer a las tres y ella, en lugar de cruzar la Castellana y volver a casa, decidió dar un paseo. Si Cristina decía que en el Guadarrama había cobertura, tenía que haberla. Al fin y al cabo ella tenía una casa en la sierra, en una colonia que se llamaba Camorritos. Quizá por eso se había acercado con Carlos al refugio de Yolanda. Todo tenía una explicación sencilla.

Pero no podía llamar ahora, se había tomado tres cervezas en ayunas y lo notarían. Carlos lo notaría de inmediato y no quería darle esa alegría ni que pudiera pensar: tú también, ¿lo ves? Decidió que le vendría bien comer algo, pero dónde. Pasó de largo ante la puerta de dos bares ruidosos donde estaban sirviendo comidas. Le apetecía una cerveza, pero era demasiado alta y demasiado rubia para ir sola a tomar cañas, a su edad, con tantas pecas y tan pocas ganas de volver a casa. El cielo estaba casi negro y soplaba un viento frío y cortante. Volvió a sentir angustia, su hijo estaría tiritando. Cada vez que cogía frío se le inflamaban las anginas, pobre chico.

La cafetería de un hotel, esa era la solución. Pidió un sándwich mixto y una cerveza. Intentó pensar en Carlos como si fuera otra, una mujer ajena, casi desinteresada, apenas curiosa. Pobre Carlos. La vida, tu vida, no ha sido lo que esperabas, ¿verdad? No era el gran escritor que quiso ser, ni iba a serlo nunca, por lo que ella iba leyendo; era un padre de familia divorciado que apenas conocía a su propio hijo. Un bebedor cuarentón y sin dinero. Un pobre hombre. Un piernas. Él no podría tomar algo en un hotel de cinco estrellas y mucho menos pedir un whisky después del sándwich, como ella acababa de hacer. Estaba fuera de su alcance.

Claro, que si a eso iba, su propia vida tampoco había sido la que esperaba. Llegar casi a los cuarenta y para qué, ¿para recordar con emoción las partidas de parchís con sus padres, en el chalet de Alpedrete? ¿Para masturbarse a oscuras cuando su hijo no estaba en casa? ¿Para resignarse a un amante escandinavo? ¿O para tener miedo de una simple novela?

Cuánto se había aburrido con el parchís y el cinquillo y ahora, quién se lo iba a decir, cómo lo echaba de menos.

Lo que tampoco era como había esperado era su pasado, visto desde aquí. Uno nunca sabe el pasado que le espera, eso dicen.

Su padre era una tos al fondo del pasillo. Su madre, aquel ruido de pasos. Que esas voces perdidas retumben cada día con más fuerza no es lo que ella esperaba y se siente conmovida, pero también asustada, como a quien le sorprende una tormenta en un bosque.

Pidió otro whisky. Desde cierto punto de vista, no

había tratado bien a Carlos, las cosas como son. Pero él la había tratado peor. Así que ella tenía razón.

Al llegar a casa eran las seis. Se dio una ducha antes de volver a llamar, eso la despejaría, que no se le notaran los dos whiskies.

Jorge y Carlos estaban los dos fuera de cobertura. Se hizo un café y se sentó de nuevo a leer. A las pocas páginas, decidió que necesitaba acompañar el café con otro whisky.

Leyó en el sofá, casi tumbada, hasta que se levantó aburrida de lo que estaba leyendo. Puede que estuviera un poco borracha o puede que proyectara sus sentimientos, vete tú a saber, qué más daba, el caso es que allí había una sombra poco tranquilizadora y no creía que fuera la suya ni la de la botella de Johnnie Walker, sino la del autor. Y no se trataba de un autor creado por la lectura ni ninguna de aquellas pamplinas: era de carne y hueso, era un cuarentón lúgubre al que conocía de sobra, ¡nada menos que todo un hombre!

Volvió a oír la risotada de aquel personaje, Trini. ¿Estaba ella también reflejada en el personaje de Trini? Ese cálculo egoísta, esa terquedad, esa indolencia idiota ¿se las atribuía Carlos a ella? ¿O más bien se trataría de su novia, esa mujer, Yolanda?

La señal más clara era el dinero. En el manuscrito había dos personajes femeninos: Beatriz, la secuestrada, y Trini, la novia de Toni Riquelme. Beatriz era de clase alta, mientras que Trini sólo era una chica de barrio que había tomado el mal camino. Para Carmen la correlación saltaba a la vista: ella era Beatriz.

Como la de Dante, que ya está muerta desde la primera página, se le ocurrió de pronto.

Trini en cambio era esa mujer, la antigua y nueva novia de Carlos, Yolanda.

Era casi de noche, aunque sólo eran las siete de la tarde. Marcó el número de móvil de su hijo. Esperaba que saltara el contestador, pero no que se estableciera la llamada, con un silencio al otro lado, y alguien interrumpiera la comunicación al oír su voz.

No podía ser su hijo, estaba segura: su hijo nunca le habría colgado el teléfono.

Le había pegado. En toda la cara. Él, su protector, el que iba a salvarla de tantos peligros, el único en quien ella podía confiar, el hombre bueno del que ella iba a enamorarse, el cordero entre lobos. Él, Antonio Riquelme, su caballero andante.

Pues Riquelme acababa de ponerle la mano encima. Lo peor era que además le había gustado. Se le había puesto dura. Mientras la tuvo suplicando, con las tetas en las manos, sintió repulsión y sólo deseaba que apartara de él esos dos cálices. Pero fue soltarle una bofetada, ver cómo rebotaba la cabeza en la pared, y sentir una alegría salvaje y muchas ganas de hacerle daño.

Por eso se había ido, asustado de sí mismo. Y todo para encontrarse con las risotadas de Trini.

Se metió en la habitación: era su turno de sueño. Pero cómo se iba a dormir, estaba demasiado excitado. Siempre que estuviera dispuesto a pagarle, podía follarse a Trini, así que se hizo una paja. Se sentía asediado, todos se habían vuelto locos y todos contra él y contra su princesa encantada. El Letrado, que le inyectaba algo. El Tuercas, que la quería violar. Trini, que sólo quería sacarle de quicio a él. La propia Beatriz, que se había convertido en un zombi. Y hasta él mismo, que se ponía a repartir bofetadas.

Al final se quedó dormido y cuando despertó sólo

habían pasado dos horas. En el salón vio a Almond tumbado en el sofá, intentando resolver un crucigrama interminable. Toni le había pegado la costumbre de las palabras cruzadas.

¿Dónde está el Tuercas? Con la tía. ¿Qué tía?, ¿la Trini? No fastidies, la prisionera, tío. ¿Y qué está haciendo allí? Yo qué sé, le estará poniendo una inyección.

Riquelme se alarmó. El Tuercas no estaba autorizado a entrar en la habitación de la cautiva. Así se lo recordó a Almond, pero, por Almond, como si el Tuercas se operaba. Es heroína, ¿verdad?, preguntó Riquelme. No me digas, dijo Almond. Si le hace daño la heroína, nunca cobraremos el rescate. Qué daño le va a hacer.

En ese momento se abrió la puerta y salió el Tuercas con una jeringuilla desechable en la mano.

—¿Qué le has hecho?

—A ti qué te importa.

—¿Qué le has puesto?

—Agua con azúcar, no te jode.

—Si le haces daño, no cobraremos nada. No puedes tocarla, ¿lo entiendes?

—Déjame en paz. No he sido yo el que le ha dado una hostia.

Riquelme se quedó paralizado. ¿Se lo había contado ella, Beatriz? ¿Revivía acaso en presencia del Tuercas y se volvía capaz de hablar? ¿O se lo habría contado Trini? A lo mejor el Tuercas había estado espiando. Toni no dijo una palabra, pero intervino Almond:

—¿Le has pegado?

—No ha sido así.

—Sí le has pegado, Riquelme —afirmó el Tuercas—. Trini me lo ha dicho.

—Tomemos una copa —propuso Almond, conciliador—. No nos vamos a pelear por esa tía, ¿verdad? No vale la pena. Mientras siga viva y podamos cobrar, que cada uno haga con ella lo que quiera, ¿no os parece?

—El Letrado ha prohibido que la toquemos —recordó Toni.

—Ni que fuera tu novia —se rió el Tuercas—. A ti qué más te da.

—A su novia no le importa que se la folle cualquiera —aportó Almond, siempre conciliador.

—Trini tampoco es mi novia.

—¿No te estarás enamorando de esa puta prisionera?

—No digas tonterías, Almond. Claro que no. Venga, vamos a tomar algo.

Trajo Toni la botella y las tres tazas. La primera copa la bebieron de un trago, tras brindar por el dinero que iban a recibir. Al terminar la segunda ya estaban más relajados y volvían a sentir lo que se aplica cuando las personas tienen un trato de afecto y confianza recíprocos.

—Esa tía no es como tú crees, Riquelme —le confió el Tuercas.

—Yo no creo nada. Será como todas, una más.

—Esta no es trigo limpio —insistió su reciente amigo—. Tiene el coño como en las películas.

—¿Qué películas?

—Ni un puto pelo, igual que una muñeca —explicó el Tuercas, sin responder a la pregunta.

—Las pelis porno —respondió Almond por él—. Está depilada.

—Integral —aseguró el Tuercas.

—Es la moda —informó Almond.

Se sirvieron otra y Riquelme preguntó si eso dolía.

Qué va a doler, explicó Almond, escuece un poco. Con la siguiente copa el Tuercas se sintió inclinado a las confidencias.

—Una cosa os digo: a mí no me gusta. No soy partidario. Un chocho depilado siempre me recuerda la boca de un pez. ¿No habéis visto las merluzas en las pescaderías, puestas encima de unos hielos y unas hojitas verdes? Fijaos en esa boca que tienen los peces: es igual que un chocho.

—No fastidies —dijo Riquelme—. ¿Tu madre también es un pez?

—Deja en paz a mi madre o te parto el alma.

—Tranquilos, tíos —terció Almond—. Esa tía no vale la pena. ¿Os vais a pelear por ella?

Los dos dijeron que no y ambos mentían, convencidos de que acabarían peleándose por aquella secuestrada que era igual que todas. Lo que ya no sabía Riquelme era cómo podría acabar una pelea con el Tuercas. Tendría que matarle, no veía otro desenlace. O que él le matara.

Se sirvieron otro whisky y el Tuercas reincidió en la confidencia.

—A mí, qué queréis, me da cosa. Repelús —dijo para indicar que le inspiraba repugnancia indefinible o miedo.

—Donde hay pelo hay alegría —observó Almond.

—Os lo advierto —les advirtió el Tuercas—. Yo por ahí no la meto.

Esta prometedora advertencia tranquilizó a Riquelme.

A Riquelme se le ocurrió de pronto pensar que, mientras durara el cautiverio, Beatriz no podría depilarse. Así que pronto le crecería de nuevo el vello púbico y entonces volvería a estar en peligro.

—¿Dónde se ha metido Trini? —preguntó para cambiar de tema.

—Ahí está. Bajó a por tabaco —explicó Almond al oír la cerradura de la puerta.

Ahí estaba, con un cartón de Marlboro. Se sentó con ellos y se sirvió un whisky.

—Tú sí que tienes que tener mucho pelo ahí —le comentó, con aire de entendido, el Tuercas, que no podía dejar de lado un asunto una vez que había suscitado su interés.

—Ya te digo.

—Pues a ti te la meto cuando quieras, Trini, bonita —ofreció el Tuercas con el gesto lúbrico característico de quien es propenso al deseo sexual exagerado o vicioso.

—Claro, cariño, por cincuenta pavos.

—Vamos, anda, si no vales ni un euro.

—Mira, te lo hago gratis con una condición. Si convences a este —señaló a Almond—, invita la casa.

—Trini, por favor —se quejó Almond.

—¿Qué te cuesta? —insistió Trini.

—Yo a ti te respeto, eres una compañera. Y no me lo hago con compañeras, ya te lo he dicho.

—Eso, eso, a ti ¿qué te cuesta? —se entusiasmó el Tuercas—. Eres un aguafiestas.

—Déjalo, Tuercas —le recomendó Almond.

—Tío, ¿es que tú no puedes hacer nada por los demás? Tú sólo piensas en yo, yo, yo y después yo. Eres un egoísta.

—Me voy a dormir, todavía es mi turno de sueño. —Riquelme se levantó de golpe.

—A ti te dejó mirar gratis, seguro que te gusta —le dijo Trini.

Riquelme no se molestó en contestar.

Se acostó boca abajo, asediado, muy asediado. Pensó que, si sucedía algo entre esos tres, Trini se esforzaría por hacer todo el ruido posible para que él no pudiera dormir. En el fondo le quería. Era eso, no había otra explicación. Por eso le cobraba.

Muy larga. De trece letras. Horizontal. Tiene una eme de conmovido, seguida de la erre de vergüenza. La sufre aquel a quien los demás ni entienden ni encuentran estimable o admirable por sus ideas o sentimientos o a pesar de ellos.

Incomprensión. Carlos no encontraba otra cosa a su alrededor. Cuando iba a entrar en el refugio, lo vio venir. Salía del bosque por el mismo lugar por el que antes había aparecido Yolanda.

Era su hijo, había vuelto, allí estaba, con la cara hasta el suelo, jadeante, tiritando de frío y cargado de razón, con el ceño fruncido, la mirada borrascosa y esa barbilla levantada de quien espera recibir disculpas y consuelo.

Ahí estaba de vuelta, con el orgullo intacto y un malhumor perceptible a simple vista. Negó haberse perdido. Sólo quería dar un paseo y pensar. Necesitaba pensar en sus cosas, según dijo.

—¿Qué cosas? —preguntó su padre.

Había caído en la trampa, se dio cuenta por el tono en que su hijo replicó de inmediato.

—¿Te parece que tengo poco para pensar? ¿Es que a ti te parece que no me pasa nada?

—¿Quieres que hablemos? Vamos dentro.

—No quiero hablar contigo ahora. Necesito pensar a solas.

—De acuerdo —se resignó su padre—, pero no te alejes de la cabaña sin avisarme. Y toma tu móvil por si acaso. Está encendido.

Lo cogió de mala gana, dio media vuelta, de espaldas

a su padre, y se quedó mirando al norte, donde las nubes negras ya ocultaban las dos agujas de la cima de La Estarcida y los pies yertos de La Mujer Muerta.

En el interior esperaban a Carlos otro gesto hostil y un reproche mudo. Yolanda estaba mirando por la ventana hacia el sur, hacia el valle, y cuando él entró ni siquiera volvió la cabeza.

Carlos se convenció de que su existencia limitaba con el malhumor de todos los demás; en los cuatro puntos cardinales, hasta donde alcanzaba la vista, se hallaba rodeado de caras largas.

—Ya está aquí —le dijo a Yolanda—. Está enfadado.

—Tienes que comprenderle. Nunca le habías dicho nada, Charly, ni una palabra. Hasta ahora.

—Los dos tenemos que intentar comprenderle.

—Yo sólo pienso en nuestro hijo, en Carlitos. No se merece que Jorge le trate así, es su hermano, aunque parece que ni Jorge ni tú queréis comprenderlo.

—Lo comprendo —declaró Carlos.

A todos alcanzaba su comprensión. Uno por uno, a todos los comprendía. Y a él, ¿quién iba a comprenderle? ¿Quedaba alguien ahí, alguien que no esperara turno para ser comprendido, que pudiera dejar de darle la espalda y dedicara un minuto, un solo minuto, a comprenderle a él?

Recordó a su padre y se preguntó si alguna vez le había comprendido.

Carlos tenía once años y su padre le llevaba un sábado al polideportivo. Su madre se había pasado la mañana dando voces y quejándose de todo, como de costumbre: ella siempre era la víctima inocente.

Hay que comprender a mamá, le dijo Carlos a su padre: trabaja demasiado.

El semáforo se cerró y su padre le miró con tanto cariño como desaliento.

En ese momento su padre ya sólo podía elegir entre perder la paciencia o perder la salud. Apretó los puños sobre el volante, se mordió un labio, recompuso el gesto y volvió a sonreír. Era inevitable que poco después acabara en un quirófano.

Era así, Carlos lo sabía: uno siempre acaba rodeado de víctimas. Vociferantes víctimas. Acreedores blandiendo sus facturas, porque alguien tiene que pagar por esto, por su vida y por todas sus desdichas.

Uno ha desembolsado ya lo que ha podido, ha ido transigiendo, cediendo, comprendiendo cuanto de comprensible haya en este mundo, hasta que llega ese momento en que hay un descubierto en la caja y no se puede hacer frente a más pagos.

En ese punto sólo quedan dos opciones. O bien coger lo poco que quede en la caja y darse a la fuga, poner tierra por medio y desaparecer. O bien declarar la suspensión de pagos, concurso de acreedores, inventario y liquidación de inmuebles y existencias. Una de dos: o dar un portazo o que te dé por fin el ataque al corazón.

Su padre eligió la angina de pecho, la bancarrota a manos de los médicos. Parecía una fatalidad, algo irremediable, exceso de colesterol, falta de ejercicio, demasiado trabajo, el cigarrillo. Sin embargo, Carlos, su hijo, estaba convencido de que no fue así: durante quince o treinta segundos, al volante del Seat 127, su padre vivió aquella disyuntiva y eligió.

Se abrió el semáforo y su padre metió primera y aceleró. Carlos no dijo nada, pero se quedó pensando si alguna vez había comprendido a su padre.

¿Eligió? Lo poco que podía, piensa ahora Carlos. Una vez leyó que en el búnker de Hitler, cuando los norteamericanos pisaban ya Berlín por el oeste y los rusos por el este, Von Ribbentrop anunció: «*Mein Führer*, la guerra está perdida, pero aún podemos elegir contra quién la perdemos».

Esa era la única decisión: ante quién rendirse.

Su padre murió seis meses después de que Carlos intentara comprenderle.

Hacía mucho frío, así que Jorge no tardó en volver de su pensativo paseo, pero no llegó a entrar en la cabaña: se quedó cerca de la puerta, mirando hacia el norte.

Carlos permaneció inmóvil, entre la espalda de Yolanda y la de su hijo, con la puerta abierta y sin saber qué hacer. Decidió acercarse a su hijo.

—Déjame, papá, quiero hablar a solas con ella.

Se esforzaba por no pronunciar su nombre.

—Espera un momento, hijo.

—Por favor.

Se quedó solo y vio cómo su hijo entraba y cerraba la puerta. Miró la cabaña, la luz en la ventana, el cristal empañado y el humo de la chimenea. Desde allí no podía oír nada de lo que ocurría en el interior.

Bebió un largo trago de la petaca. Se sentía abandonado. El corazón de su hijo pesaba como un puño cerrado en su pecho. El corazón de Yolanda dolía como una piedra echada a rodar.

Pensó que sería fácil morir igual que un pájaro. Él

creía que los pájaros morían sin previo aviso, en pleno vuelo; que caían sin más contra la tierra; envueltos en sus propias alas, una bola diminuta de plumas, sangre, carne y pequeños huesos; algo que el tiempo convertirá en polvo arrastrado a un lugar desconocido.

Le han colgado el teléfono. ¿Ha sido su hijo?

No quiere ni pensarlo: tiene que haber sido Carlos. Qué raro, cuando nadie contestaba, ella sabía que estaban allí; ahora que sabe que hay alguien, porque ha colgado, le entra miedo a que la hayan dejado sola, a que se hayan ido todos de puntillas mientras ella tenía los ojos cerrados. Quizá Carlos haya decidido llevarse al chico a otra ciudad, quitarle a su hijo, igual que ella y Natalia, la abogada, se lo quitaron a él. También piensa que haya podido pasar algo, una desgracia.

Dicen que el carácter es el destino. Eso será para los que lo tienen, porque para Carmen, que había tenido que sufrir el carácter de Carlos, sólo era una pesadilla interminable: el carácter era la infancia, lo que ha quedado intacto del niño, sus caprichos, su cabezonería, el recurso a la rabieta. Encerrado en la resina de la resignación adulta, permanece ese niño fósil, el pequeño déspota, un insecto con el caparazón tan rígido que le impide cambiar de dirección o de costumbres, y también volver a ponerse por sí mismo boca abajo: se agita, patalea y exige ayuda a gritos.

O quizá el destino fuera el retorno a la infancia. Volvíamos a no tener dentadura, a balbucear, a dormir con pañales y a ser felices con sólo sentir calor, con ser abrazados, con hacernos caca encima, tan a gusto, y que nos limpien con una esponja. Y a ser mezquinos también volvíamos, a esconder magdalenas bajo llave, a ser intransigentes, a exagerar cualquier dolor; y volvíamos a sentir miedo, el mismo miedo a la oscuridad, a nuestro cuerpo, a que nos hayan dejado solos.

Carmen sentía ese miedo a que la hubieran dejado sola, en la silenciosa oscuridad sin límites.

No quiere seguir leyendo porque ahora se siente observada, como si la página fuera un cristal y ella intentara ver lo que hay detrás, pero al hacerlo también quedara expuesta a ser mirada desde el otro lado de la página. Como si al leer también diera la oportunidad de ser leída, de que alguien, enfrente, la lea a ella. Ve la sombra, esa sombra de amenaza que proyecta el texto, como se ve una silueta detrás de una ventana, igual que alguien verá su propia sombra desde el otro lado.

Mientras ella lee, al otro lado de la página, alguien la está leyendo a ella, a través de las mismas palabras vistas del revés, con un sentido distinto. Piensa que, separados por esa ventana de palabras, o unidos por ella, pueden verse entre líneas, como a través del agua, desfigurados, borrosos, amenazadoras siluetas el uno para el otro. Piensa que están cada uno a un lado de un cristal leyendo las mismas palabras, SALIDA DE EMERGENCIA, y sin saber quién está dentro y quién fuera, ni si saldría o entraría el que consiguiera pasar por fin al otro lado de la página.

Necesita seguir leyendo para saber qué hay detrás de esa ventana de palabras, pero tiene miedo a exponerse, a ser leída cuando lee. Porque, cuando lee, se siente bajo el poder de Carlos, en sus manos, observada por esa sombra que se oculta entre las líneas.

Además no es Cervantes. Para ella, con cada nueva página pierde calidad literaria, pero da más luz sobre el autor. ¿Qué pretende hacer con la pobre Beatriz? ¿Qué más? ¿Qué quieren hacer en general los escritores con las mujeres? ¿Qué placer obtienen de su sufrimiento? ¿Tanto disfrutó Fernando de Rojas, escondido en la torre, empujando a Melibea al vacío? ¿Tanto se divirtió Flaubert acorralando página tras página, sin piedad, a Madame Bovary, encarnizadamente, arrinconándola, cubriéndola de deudas y de amantes hasta que la vio por fin agonizar arrastrando las manos sobre la sábana, y pedir un espejo, y llorar al ver a su hija?

Piensa Carmen que los autores deben de pasarlo en grande con esas mujeres tan idiotas que se merecen lo que les pasa. Como lo debía estar pasando en grande Carlos con Beatriz convertida en un juguete para los muchachos: para el Tuercas y para la parte de Carlos de la que procedía el Tuercas.

Y sin embargo aún era peor lo que le sucedía a Trini. Ni siquiera había una forma fácil de compadecerla, no había dejado ni un clavo ardiendo al que pudiera agarrarse el lector, era puta, grosera, vulgar, no había por donde cogerla. A Trini, la voz narrativa no iba a ahorrarle nada, nadie movería un dedo por ella.

Si en la novela ella era Beatriz, entonces a su novia, a Yolanda, tampoco le había repartido Carlos un papel cómodo.

Como de costumbre: o la puta o la princesa. Para no ver a las mujeres, Carlos, o bien las degradaba, o bien las idealizaba. O era la víctima de la inalcanzable y altiva princesa o se convertía en el chulo de la puta arrastrada. O se elevaba a sublimes cielos con un amor puro o se despeñaba en los infiernos con una pasión destructiva. O se purificaba o se envilecía. Cualquier cosa antes que enfrentarse con una persona igual a él, alguien a quien no pudiera reducir de tamaño hasta que cupiera en el sitio que él había reservado para ella.

Tampoco era una disyuntiva, Carmen lo sabía: necesitaba a las dos, a la puta y a la princesa. Disfrutaba tanto maltratando a la puta que se sentía degradado, avergonzado. Entonces buscaba la penitencia a manos de la princesa, expiaba sus culpas sacrificándose a un amor que, por imposible, le enaltecía. Luego la frustración le llevaba de vuelta a la puta, a desahogarse con ella, a castigarse a sí mismo maltratando a la puta. Y vuelta a empezar.

Yo fui tu princesa y también tu puta, pensó Carmen cuando la oscuridad de la calle ya hacía visible el reflejo de su rostro en la ventana. Me quisiste convertir en tu ideal de mujer, puta y princesa por el mismo precio, en estéreo, de eso se trataba, de poner a la princesa a cuatro patas, ¿verdad?

Pobre, pobre Carlos, se dijo, pobre incapaz de querer, porque eres incapaz de quererte a ti mismo. Ahí seguía, ahora por escrito, en su novela, dándole una bofetada a la princesa y a la vez afirmando que lo que le unía a la puta era un amor puro, que se querían por medio de la humillación recíproca.

No puedo, no puedo seguir leyendo ahora. Pero tampoco podía quedarse en casa. ¿Qué iba a hacer? Le habría gustado salir con Miguel Caturla, su amante escandinavo, beber, comer algo, volver a beber, echar un polvo torpe, correrse gracias a su propio esfuerzo, como si le utilizara para masturbarse contra él, y quedarse mucho más tranquila, después beber algo más y volver a casa para dormir en paz.

No iba a intentarlo. Miguel estaría con su mujer, con sus dos hijos, todos en zapatillas de andar por casa, preparando la cena con una cerveza y la tele encendida. Sabía que podía hacerle una llamada perdida. Miguel tenía memorizado su número con el nombre de Pedro Lafuente, un imaginario asesor financiero. Quizá Miguel consiguiera inventar una excusa verosímil, una olvidada cena para agasajar a un autor extranjero, por ejemplo. Quizá no lo consiguiera o no quisiera intentarlo. Daba lo mismo, no iba a llamarle.

Qué más daba, si soy su puta.

Se sorprendió tanto que tuvo que repetírselo: soy su puta, la puta de Miguel Caturla, las cosas como son. ¿Una relación escandinava? Venga ya, él es mi jefe y yo soy su puta a ratos perdidos. En cambio en la novela de Carlos soy la princesa. En mi matrimonio fui las dos cosas, puta y princesa, la puta coronada, la princesa emputecida, todo en una, como un anorak reversible, que se puede poner por los dos lados y, cuando no llueve, lo enrollas sobre sí mismo hasta que te cabe en el bolsillo.

Necesito una copa, se dijo, y no quiero estar sola. Tampoco con Miguel. Lo que de verdad necesito es estar sola, pero en presencia de desconocidos.

Se había puesto una falda corta, medias, tacones, un poco de carmín en los labios y aquel sujetador que levantaba los pechos y los apretaba uno contra otro. Se miró en el espejo del ascensor. Llevaba el pelo recogido en una coleta, como si su cabeza quisiera desmentir al resto del cuerpo: vestida para salir, pero sin peinado ni casi maquillaje, cuerpo de salida nocturna y cara de media mañana.

Cruzó la Castellana y se dirigió sin pensarlo al Hispano, volvía atrás, donde todo había empezado. Andaba desmadejada, con la cabeza muy alta, empujándose a sí misma con los hombros, como si estuviera colgada de una percha.

El sitio no había cambiado nada. No pudo evitar preguntarse si ya entonces, aquella primera vez allí, había tratado a Carlos con condescendencia, si todo venía de esa tarde, como le pasaba a Beatriz.

Las mujeres solas, ensimismadas, atraen a cierta clase de hombres. Esa mujer al fondo de la barra, la que viaja sola en avión, la que pasea sin compañía, todas la que había sido y era Carmen, esa mujer que parece no necesitar a nadie.

Carlos era ese tipo de hombre, aquel al que le impulsa la idea de un rescate, quería salvarla de sí misma, de esa vida de hija de familia bien que no era de su talla.

Y ella igual, recordó, ella también quería rescatar al joven artista, el huérfano, al que no había tenido oportunidades; ella iba a apartar esos obstáculos que impedían el merecido reconocimiento: los orígenes humildes, la falta de contactos, esa novia patética que tenía y la oscuridad de su vida de profesor en Los Molinos.

Qué gran tarea mutua, qué agradecida ovación les esperaba a ambos. Todo para acabar así.

Se terminó la copa y salió a la calle.

Tenía ganas de llorar. Hacía frío y de pronto sopló un viento húmedo que hizo moverse las ramas de los árboles. Allí estaba, sola, de pie, bajo la lluvia que parecía agitar la luz de las farolas. Se quedó inmóvil, quería empaparse, cerró los ojos y olió la tierra mojada de los alcorques, sintió cómo se apelmazaba la lana de su chaqueta, los pezones erectos, los zapatos mojados, las gotas que resbalaban por sus mejillas. Apretó los puños, pensó en dar un grito, pero al final cruzó el semáforo y subió a casa.

Se quitó toda la ropa mojada en la cocina, la metió en la lavadora y fue desnuda, con los zapatos en la mano, hasta la habitación. Metió los zapatos en el armario y entró en el baño. Puso el tapón y abrió el grifo de la bañera. No se miró al espejo, se sentó en la taza a ver subir el agua. Cuando cerró el grifo y se acercó al lavabo a mirarse, el espejo ya estaba empañado. Con un dedo escribió sobre el vapor una sola palabra.

Bajo el agua, no oyó el teléfono.

Lo vio en la mesita de noche. Una llamada perdida, a las once y veinte. De su hijo. Jorge había dejado un mensaje.

Su voz sonaba desfigurada por el miedo. Repetía dos veces lo mismo: «Mamá, por favor, no puedo. Por favor, mamá, no puedo».

Nada más. Luego se interrumpía la llamada.

Llamó cuatro, cinco, hasta seis veces. El número estaba ocupado o fuera de cobertura. Dejó dos mensajes.

Se acostó desnuda, a oscuras. No quería pensar en nada. No quería asustarse. Oía la lluvia golpear en el cristal.

No había pegado ojo y tenía los nervios de punta, esa era la única explicación, se había extenuado, le habían debilitado o cansado hasta su grado extremo los gemidos, el crujir de muebles y de huesos, aquel ruido confuso de gritos, voces y risas. Mortificado, en vela, entre la irritación y la cólera, siguió acostado sin saber qué pasión de su ánimo había sido alterada por aquel bullicio, aquella zalagarda o pandemónium, dónde le escocía tanto, porque no eran celos de Trini, eso no podía ser, ni tampoco su amor propio, quizá sólo fuera la simple y muy humana curiosidad, ese deseo de enterarse de ciertas cosas, para qué arrastraban la mesa del comedor, por ejemplo, o qué es lo que había trocado una carcajada en un aullido, quién lloraba tanto, era un hombre, lo sabía, pero qué podía hacer llorar a Almond o al Tuercas, costaba creerlo, y más difícil era imaginar a qué daban respuesta las palabras de Trini, al principio con cajas destempladas, luego con un tembloroso hilo de voz que suplicaba: no, eso no, por favor, eso sí que no.

Daba escalofríos intentar imaginar algo que Trini rechazara, ante lo que pudiera sentir miedo, asco o vergüenza.

Riquelme cerraba los ojos y al hacerlo aumentaba el volumen de los misteriosos ruidos, el tumulto triste de la orgía, de tanto desenfreno en la satisfacción de los deseos o las pasiones. Ella también tenía que oírlo, Beatriz, la prisionera, desde su habitación. Estaría asustada, con ese miedo cerval que agranda los ojos, el que hace huir al animal de su depredador.

Apretaba puños y párpados, daba vueltas sobre el colchón y no dejaba de implorar que viniera el Letrado a poner fin a todo aquello.

Algo debió de dormir, sin embargo, porque tenía recuerdos que parecían haber goteado de un sueño profundo y otros, en cambio, que se habían desprendido como pavesas de una hoguera de pesadillas.

Eran ya las ocho. El Tuercas estaba desnudo en el sofá, que había sido movido de su sitio, igual que la mesa. Había charcos en el suelo, manchas en las paredes, una cortina arrancada del riel, pinzas de tender, cristales rotos, ceniza, ropa desperdigada por el respaldo de las sillas y bajo la mesa.

—Qué barbaridad —comentó el Tuercas, satisfecho.

—¿Dónde están?

—Han bajado a comer algo. Da mucha hambre, ¿sabes?

Riquelme sintió malestar ante la brutal expresión de saciedad del Tuercas y al contemplar su cuerpo enorme, peludo, lleno de mataduras, huellas de dientes, cicatrices y sangre seca.

—Recoge todo esto.

—¿Te has vuelto loco? Para eso está tu novia, la puta Trini.

Entonces fue cuando Riquelme perdió la paciencia y los nervios con el Tuercas. Una temeridad para la que sólo encontraba una explicación: no había pegado ojo, tenía los nervios de punta, con un trastorno o una auténtica locura, como se dice que padece la persona que, por un estado pasional, deja de pensar u obrar serena o razonablemente, y también se aplica a las ramas que crecen más de lo habitual.

—¡Limpia esto! —le empujó a gritar su exuberancia accidental o permanente.

—No me da la gana. Aquí limpia tu puta.

—Tú eres un enfermo y la más puta, tu madre con su chocho de pez —insistió Riquelme, ofuscado por la rabia.

—Me das una alegría, Riquelme, una gran alegría —confesó el Tuercas—. Te voy a matar.

Lo dijo sin énfasis, como quien, tras mirar las nubes, anuncia que va a llover.

—Tranquilo, Tuercas —recomendó Riquelme cuando le vio sacar la navaja.

—Te voy a matar y me da una gran alegría que me hayas dado motivos. Tú siempre me has caído gordo, ¿lo sabías? De toda la vida.

—Tuercas, por favor —sentía la presión del acero en su ombligo, a través de la camisa.

Riquelme cerró los ojos, decidido a lanzarse sobre el Tuercas. Alzó los brazos y en ese momento oyeron los dos la llave girando en la cerradura. ¡El Letrado! No llegaron a decirlo, pero ambos lo pensaron y eso les detuvo. Se separaron, como dos amantes sorprendidos. El Tuercas guardó la navaja y se puso los calzoncillos.

—¿Qué ha pasado aquí?

Lo podían explicar, como todos los amantes al ser descubiertos. Ha sido un perro, propuso Riquelme. Lo traje yo, le secundó el Tuercas, para que nos hiciera compañía en las guardias. Un perro callejero, añadió Riquelme, lo ha destrozado todo. Y se ha ensuciado en el suelo, remató el Tuercas.

Desaliento, furia contenida, impaciencia y un despiadado menosprecio eran algunos de los sentimientos que expresaba el rostro del Letrado, que se limitó a decir:

—Ya hablaremos. Aquí no entra nadie ni nada, ni animales ni personas. Que lo limpie Trini. Toni, ven conmigo, muchacho. Tuercas, tú te quedas de guardia.

El Letrado se dio media vuelta, abrió la puerta y esperó en el rellano.

El Tuercas se acercó a Riquelme, le puso una mano en el hombro y le dijo en voz baja, firme y monótona:

—Gracias por lo del perro, pero te voy a matar igual. Y me dará una gran alegría, te lo prometo.

Riquelme no respondió, el Letrado se impacientaba.

El Letrado había elaborado un método rudimentario y efectivo para la entrega del rescate. Como en un campamento, el padre de Beatriz tendría que seguir un rastro de pistas que iban llevando una a otra. Las iría encontrando en papelitos escondidos en lugares alejados entre sí. El único que conocía el destino final de aquel recorrido era el Letrado. Así no intervenían los teléfonos ni nada que pudiera ser interceptado.

Durante las siguientes horas Riquelme y él fueron depositando las pistas en distintos puntos de la ciudad. A las diez de la noche habían terminado.

—Toni, muchacho, ¿sigues dispuesto a todo?

—Lo que sea, señor.

—Tal y como hemos planeado, de los trescientos te corresponden cincuenta mil euros. Cincuenta para cada uno: el Tuercas, Almond y tú. A mí me corresponde la otra mitad, ciento cincuenta mil. A Trini, calderilla: seis mil euros que pondré yo. ¿De acuerdo?

—De acuerdo, señor.

—En ese caso, si estás de acuerdo con ese reparto, no sigamos hablando.

—No, señor, siga usted.

—¿Estás dispuesto a traicionar a tus compañeros? Te advierto que ser desleal es mucho más difícil que apretar un gatillo: traicionas la imagen que tienes de ti mismo. Disparas también contra ti.

Riquelme aseguró que estaba dispuesto a traicionar a los demás y a defraudarse a sí mismo.

El Letrado le explicó su nueva idea del reparto: dividirían en tres partes, dos para el propio Letrado y una para Toni, porque, según afirmó, era como un hijo para él.

—Entonces me llevaría cien mil —calculó este de inmediato.

—Correcto.

—Cuente conmigo, señor, haré lo que haga falta.

—¿Hasta donde haga falta?

—Hasta donde sea —aseguró Riquelme—. ¿Y Trini?

—Calderilla, muchacho. Nos saldría más caro no pagarle. Se lo daré de mi parte. Nos veremos a las once en punto de la noche. No vuelvas a la casa de la calle Pedrezuela. Cena algo, date un paseo y, por supuesto, no bebas demasiado.

—Sí, señor.

—A las once en punto en la cafetería Riofrío.

Detuvo el coche para que Riquelme bajara.

Se sentía ligero, a diez centímetros del suelo: iba a ser un hombre rico, dueño de cien mil euros.

Estaba muy cerca de la Castellana, así que echó a andar hasta el Hispano, donde había empezado todo. No iba vestido para entrar allí, sólo quería volver a pasar por la puerta.

Era una noche fría y empezaba a llover. Empujada por el viento, el agua caía en diagonal, mojaba la cara, se metía por debajo de la ropa y salpicaba el interior de los bolsillos.

Vio a una mujer que salía del Hispano. En lugar de apresurarse, la mujer se detuvo en el bulevar, bajo las copas de ciertos árboles de corteza blanquecina, con la cara levantada hacia la tormenta y los brazos abiertos. Le llovía encima y ella seguía allí, como si tal cosa.

Era una cuarentona con estilo, parecida a Beatriz Pancorbo, con quince años más, alta, con falda corta y el pelo rubio rojizo recogido en una cola de caballo. Aunque elevaba desafiante la barbilla, parecía a punto de llorar, de dar un grito o de salir corriendo.

Cuanto más la miraba, menos se hacía Riquelme una idea de qué podría ocurrirle. Quizá estuviera enamorada. Tal vez acabara de recibir una noticia terrible. Acaso se encontrara en peligro.

O sólo tenía miedo, pensó Riquelme. Mucho miedo.

El 4 vertical. De nueve letras. Dícese de dos objetos que han quedado más lejos el uno del otro de lo que estaban. Plural.

Separados. Ni siquiera sabía a cuánta distancia estaría su hijo.

Sentado en una piedra, miraba cerrarse la tarde sobre el monte sin dejar de compadecerse. Iba echando al fuego hojas secas, ramas partidas, arbustos enteros, todo lo que encontraba al alcance de su mano. Todo ardía, todo hacía crecer las llamas. El whisky por dentro y el calor del fuego por fuera le habían puesto rojas las mejillas y las orejas. Con los ojos brillantes, miraba a lo lejos, hacia la espesura y la pista forestal, el final del sendero, donde nada veía, y arrojaba a la hoguera una piña o un puñado de hierba, cualquier cosa, lo importante era que su hijo viera el fuego desde lejos. En la cara sentía el calor de las llamas y en la espalda el frío de la puerta cerrada del refugio. Allí estaba él, en medio, con su petaca otra vez llena, suspendido en vilo entre dos miradas que siempre evitaban la suya.

Había estado esperando sin saber qué hacer hasta que se abrió la puerta del refugio y Jorge salió corriendo, sin mirar atrás, hacia el bosque y hacia las tinieblas. Su padre gritó su nombre, pero el hijo no se detuvo.

Carlos caminó hacia la luz que venía de la puerta abierta.

Yolanda estaba en el suelo, de medio lado, apoyada contra la pared y tapándose la cara con las manos.

—Me ha pegado —dijo.
—¿Cómo que te ha pegado?
—Tu hijo me ha pegado, Charly. ¿Es que no vas a hacer nada?
—Ha salido corriendo.
—Tienes que hacer algo, encuéntrale.
—Voy a buscarle.

Solo en la oscuridad, Carlos se puso a andar hacia donde había desaparecido su hijo. Llamó a su móvil, pero estaba ocupado.

Se sintió aún más contra la pared: ¿estaría llamando a su madre? Entonces fue cuando decidió encender una hoguera para que su hijo pudiera orientarse. El fuego más grande que fuera capaz de hacer, para que Jorge lo viera desde lejos, para que la columna de humo se levantara por encima de la copa de los árboles.

En un círculo de casi un metro de diámetro amontonó periódicos viejos que encontró en el refugio, muchas piñas y ramas secas, y una camiseta sucia empapada en alcohol del botiquín. Lo rodeó de grandes piedras formando un muro de contención. Encima de todo hizo una pirámide con los troncos más secos que pudo encontrar.

Al principio salieron unas llamas enormes y azuladas que consumieron enseguida el alcohol y el papel; luego se apaciguó un poco, hasta que prendieron las piñas y, añadiendo ramas, consiguió por fin una hoguera estable que desprendía el humo negro y perfumado de la madera de pino.

Y allí estaba, vigilando la oscuridad del bosque, esperando ver aparecer a su hijo mientras iba echando al fuego ramas partidas, hojas secas, puñados de pinocha y troncos cada vez de mayor tamaño.

A veces lo veía en su imaginación, arrastrando los pies y su cinturón de herramientas, con la cuerda y el cuchillo golpeándole las caderas, torpe y perdido, muerto de miedo, apretando el paso hacia aquel humo lejano, y le oía jadear, oía su llanto y el ruido que hacía al sorberse los mocos, y se sobresaltaba al verle tropezar, y sentía en su mano la mano de su hijo, su corazón tembloroso, aunque su hijo quizá estuviera cada vez más lejos, caminando en dirección contraria, describiendo círculos, volviendo a tropezar contra la raíz de un árbol, y entonces su padre enderezaba la espalda, como si desde allí, a tanta distancia, pudiera ayudarle a levantarse, y creía oírle llegar, su respiración agitada, y creía ver su rostro, y en su cara sucia y mofletuda, la alegría feroz de volver a casa.

Las nubes habían tapado por completo las montañas, no se veía ni una estrella, y el aire olía a humedad, a lluvia que iba a caer de un momento a otro.

Que no se apague, era lo único que pedía. Se había convencido de que el regreso de su hijo dependía de que él fuera capaz de conservar el fuego encendido. Sin las llamas que él alimentaba, su hijo no podría salir de las tinieblas. Había caído la noche, era un bloque de oscuridad compacta, no se distinguían los árboles, ni siquiera el perfil de las montañas. En el corazón de esa noche estaba su hijo. Perdido. Solo. Buscando una luz para poder volver, buscando la hoguera que su padre mantenía ardiendo.

Él también estaba solo. No sabía dónde se había metido Yolanda. La había llamado a voces, pero no le había oído. O no había querido oírle. Él no podía apartarse del fuego. No se movería de allí, tenía una misión que cumplir. Se permitía alejarse unos pocos metros, sólo para traer más materia combustible, troncos, ramas, hojas secas; pero nunca perdía de vista la hoguera. Tenía la certeza de que, si se extinguía, ya no sería capaz de volver a encenderla. Si dejaba morir el fuego, condenaba a su hijo sin camino de vuelta.

Tampoco le importaba dónde estuviera Yolanda, porque su hijo estaba perdido. A ella siempre le había molestado el chico. El pobre Jorge, el hecho mismo de su existencia. Debía de pensar que Jorge vivía a costa del hijo que ella había tenido que abortar. Siempre le había disgustado, pero ahora, desde que ella tenía por fin otra vez un hijo propio, había convertido a Jorge en su enemigo.

La lluvia llegó de pronto. En poco tiempo, de aquella gran hoguera que debía señalar el camino de vuelta, sólo quedaban cenizas frías, troncos a medio quemar, papeles negros que se llevaba el viento y un humo oscuro que ahora formaba parte de la noche.

Decidió buscarle. Tenía que volver al refugio a por una linterna. Sin luz nunca encontraría a su hijo.

Se levantó aturdido bajo la lluvia, esa lluvia que acerca las vidas separadas por la tierra firme, que cae igual sobre unos y otros, ese aguacero que une lo que el miedo o el dolor apartan, lo que la esperanza aleja, esas esperanzas duras y solitarias como guijarros, lascas arrancadas de la misma roca, desperdigadas y otra vez reunidas bajo la lluvia; y también los temores, los deseos que no se confiesan, toda la arena suelta del corazón la aprieta la lluvia y con ella forma barro, abrazados unos con otros, parte de la misma marea, el mismo río profundo en el que ninguna mujer sola, ningún hombre solo, hace pie; el torrente sin vado, el que desbordará su cauce antes de que escampe.

Carlos avanza de vuelta al refugio, bajo la tormenta, para coger una linterna.

Llueve también sobre las tumbas del cementerio de la Almudena, sobre la tierra y los huesos, sobre los nombres de las lápidas, las cruces, los años vividos; llueve contra los cristales de la casa de la calle Pedrezuela y contra las ventanas del quinto piso de la calle Zurbano, como llueve en el corazón de la sierra, borrando los senderos, ocultando al hijo de la mirada del padre.

Miguel Caturla llegó un poco bebido, simpático y amable, como correspondía a un amante escandinavo y a una relación en la que cada uno se mantenía a prudente distancia de los sentimientos del otro.

Había llamado desde el restaurante y Carmen se sentía demasiado indefensa para rechazarle.

Se vistió con un chándal, porque un jersey encima de su cuerpo desnudo podría haber parecido una sugerencia.

Mientras le esperaba, leyó un poco más del manuscrito de Carlos, hasta que sonó el timbre.

Escondió el libro en su armario, bajo los jerséis de invierno. No quería que Miguel lo viera. Esa novela pertenecía a una parte de sí misma que no quería exponer a una fría mirada escandinava.

Se dejó besar en los labios, pero sin abrir la boca, y se apartó cuando él intentó abrazarla.

—Estoy agotada, Miguel.

—Si me invitas a una copa me voy enseguida. —No daba ninguna muestra de contrariedad, lo que para Carmen significaba que no se tomaba en serio su negativa, como quien oye llover a cubierto y convencido de que al final va a salirse con la suya.

—Sólo una.

—Tomemos un whisky.

Le sirvió la copa y ella se puso otra. Miguel se quitó la corbata, colgó la chaqueta en el respaldo de una silla y se sentó a su lado en el sofá.

Le contó la cena con Lucía Cobos, la escritora de Sevilla que acababa de ganar el premio Ateneo de Córdoba. Miguel sabía ser divertido cuando se lo proponía y describió a la autora como una criatura que había logrado hacerse insufrible de tanto intentar gustar a todo el mundo.

Para gustar a todos, dijo Miguel, hay que morirse: por eso los adolescentes quieren caerle bien a todo el mundo. Aunque no se atreven a suicidarse, sienten un oscuro deseo de muerte, de ser queridos como si acabaran de morirse, con un aplauso póstumo y unánime.

Contó que iban a pedir primero algo para compartir. La novelista propuso verduras a la parrilla. La jefa de prensa, Virginia, sugirió revuelto de trigueros. Miguel propuso un poco de jamón y entonces la autora pronunció con solemnidad una frase inolvidable: perdonadme, pero yo intento no comer animales.

Miguel la repetía una y otra vez entre carcajadas. Imagínate, decía, la pobre mujer, luchando por contenerse. Imagínate sus esfuerzos para no devorar mascotas, peces de estanque o gallinas vivas. Una chica sensible, delicada, que intenta no comer animales, aunque a veces no pueda dominarse: nadie es perfecto. Trajeron unos canapés de salmón y la jefa de prensa quiso quitarle hierro al asunto. Es un pez, le dijo a la autora, pero al menos no tiene patas, ¿verdad?

La novelista, por lo visto incapaz de reconocer una broma, se quedó pensativa. Parecía casi convencida, pero al final lo rechazó alegando que por eso mismo: ¡sin patas ni siquiera podía escapar corriendo! Además los peces tenían mirada. Tienen ojos y te miran con ellos, aseguró, y dan tanta pena: te miran así, con esos ojitos, decía mirando a Miguel.

La joven autora premiada se concentró en la verdura y luego pidió pasta italiana.

—¿Qué te ocurre? ¿Quieres hablar de algo? —se interrumpió de pronto Miguel.

Era una de sus especialidades escandinavas, la transición abrupta que le hacía parecer sinceramente interesado en ella, aunque con discreción, un alma bondadosa que se protege con un escudo de humor cosmopolita.

—No pasa nada. Es cansancio. Estoy muerta de sueño, de verdad —repitió, pero ya estaba harta de Miguel, que acababa de pasarle un brazo por los hombros.

Pensaba en la llamada de su hijo y había decidido no mencionar al chico en su presencia. Le daba asco o quizá vergüenza ver a su hijo, su preocupación por su hijo, mezclada con aquel tipo que no estaba dispuesto a irse de su casa sin lo que había venido a buscar. No podía hacerle eso a Jorge: dejarles a él y al amor que Carmen sentía por él expuestos a la mirada de Miguel Caturla.

Contemplaba sus maniobras, su obstinación y su traje de Armani, y le entraban ganas de echarle de su casa en el acto, aunque fuera con martillo y escoplo. Miguel se había descalzado y había apartado los mocasines empujándolos con el pie. Sin preguntar nada, se levantó a servirse otra copa y le ofreció una a Carmen.

—No quiero, estoy agotada.

—Te pongo un solo dedito de whisky.

No escuchaba. Daba lo mismo lo que ella dijera, él ya

había decidido cómo iban a terminar la noche, y ella, puesto que había aceptado su visita a esas horas, era su puta. Él le ofrecía una historia divertida, su hombro para desahogarse y la seguridad de que iba a ser comprendida y consolada, porque él siempre la apoyaría con lealtad y eficacia, y además le garantizaría ascensos en la editorial.

A cambio, ella tenía que prestar su servicio.

Con el nuevo whisky en la mano, Miguel se sentó aún más cerca y comenzó a acariciarle el muslo.

—Miguel.

—Dime.

—No voy a acostarme hoy contigo.

Se arrepintió de haber añadido aquel «hoy», como si tuviera que hacerse perdonar la negativa o atemperarla.

—¿Qué te sucede, Carmen?

La sorpresa era auténtica, le costaba creerlo. El tono era el mismo que habría empleado si en el estanco le hubieran dicho: hoy no vendemos tabaco.

Sucede que intento no comer animales, quiso decirle Carmen. Intento que ellos tampoco me coman a mí.

—He tenido un día difícil, necesito dormir, no puedo —dijo y, nada más decirlo, también se arrepintió.

¿Por qué no era capaz de decir: no quiero?

—Lo comprendo —el tono era lúgubre; el gesto, agraviado, casi meridional para un escandinavo.

—¿Te hago una paja?

—¿Qué dices?

—Si quieres, te hago una paja y te vas.

Por una vez había conseguido decir lo que quería decir.

Esperaba una reacción ofendida, tal vez una bofetada, cualquier cosa con tal de que se fuera dando un portazo, cargado de razón, indignado con esa puta que le había salido respondona; pero fuera de su casa, bajo la lluvia, con los zapatos puestos y la corbata en el bolsillo de la americana, de vuelta a su mujer y sus dos hijos.

Miguel puso un abrumado gesto de abnegación, como el de quien se enfrenta a los caprichos de un enfermo al que se le va la cabeza.

—Está bien —dijo, condescendiente.

¿Estaba bien? Carmen apenas podía creerlo. ¿Es que no se sentía humillado? ¿No se daba cuenta de sus sentimientos hacia él o es que le daba igual, con tal de correrse? Que en el estanco se negaran a vender tabaco era inaceptable, pero que el estanquero dijera: hoy sólo tenemos tabaco negro, eso sí estaba dispuesto a tolerarlo. Se conformaría. La puta por fin se avenía a razones.

Estaba bien, no cabía duda, porque Miguel se había puesto cómodo, con la cabeza apoyada en el respaldo del sofá. La abnegación había cedido el sitio a un entusiasmo casi juvenil, como si aquello fuera el tan postergado cumplimiento de una fantasía duradera y mantenida en secreto. Era su puta, por fin, por eso iba a hacerle una paja mientras él, tumbado en el sofá, se terminaba su whisky.

De acuerdo. Cuanto antes mejor. Si eso era lo que hacía falta para que se marchara, adelante. Le desabrochó el cinturón y el botón del pantalón, y luego bajó la cremallera. Metió la mano bajo el elástico del calzoncillo y le sacó la polla.

—Espera, espera —la interrumpió él.

—¿Qué pasa?

Miguel dejó el vaso en la mesa y se bajó a la vez el pantalón y el calzoncillo hasta los tobillos.

—El traje, que es casi nuevo. No quiero tener que llevarlo a la tintorería.

Se desabrochó los tres últimos botones y apartó los faldones de la camisa para evitar que se manchara.

—¿Ya?

—Sí, ya. —Volvió a recostarse en el sofá, otra vez con el whisky en la mano.

El glande estaba al descubierto, húmedo y de color púrpura. La polla describía una tenue curva catenaria hacia arriba y tenía las venas inflamadas, como una mano apretada para dar un puñetazo. Carmen estaba sentada de medio lado en el sofá, vuelta hacia él. Empezó a masturbarle. Miguel miraba la mano de Carmen y a veces buscaba sus ojos, pero ella evitaba su mirada. Apretaba con fuerza y, cuando se detenía, le frotaba el glande con la yema del pulgar. Eso parecía gustarle. Ella quería acabar lo antes posible y aceleró el ritmo. Cuando Miguel intentó acercar las manos a sus pechos, ella se echó hacia atrás.

—Déjame verlas —pidió él.

—¿Qué?

—Las tetas. Sólo verlas. Sin tocar. Prometido.

Se desabrochó la cremallera del chándal. Miguel miraba con los ojos nublados. Carmen se acarició un pecho con la mano que le quedó libre, lo levantó sobre la palma y lo apretó. Eso consiguió apresurar el desenlace. Miguel empezó a empujar con las caderas al ritmo de su mano, hasta que se corrió sin previo aviso.

Fue una eyaculación mansa, de surtidor de estanque municipal, que no se proyectó hacia arriba, sino que se desbordó sobre la mano de Carmen.

Se restregó la mano contra el pantalón y volvió a cerrarse la chaqueta del chándal.

—Gracias. No quería que te sintieras mal por no follar —dijo Miguel.

Era lo que le quedaba por oír: si encima lo había hecho por ella, el muy escandinavo.

—Quiero acostarme ya.

Miguel se terminó de un trago su copa, fue al baño sujetándose los pantalones con las manos, se puso sus mocasines, la chaqueta de Armani, metió la corbata en el bolsillo y se marchó por donde había venido, tan campante, no sin prometer que la llamaría al día siguiente.

En cuanto cerró la puerta, Carmen decidió no lavarse las manos, era su forma de imponerse un castigo.

Tenía miedo, tenía ganas de vomitar, tenía la certeza de que a su hijo le estaba ocurriendo algo.

En la novela también estaba sucediendo algo amenazador, como si la hubieran estado espiando; parecía que, a través del libro, Carlos pudiera verla desde el otro lado de una ventana.

Así que ella era una «una cuarentona con estilo, parecida a Beatriz Pancorbo con quince años más, alta, con falda corta y el pelo rubio rojizo recogido en una cola de caballo». ¿Parecida a Beatriz Pancorbo, la mujer secuestrada? ¿Cómo podía saber que ella había salido del Hispano, que llovía, que llevaba el pelo recogido y que se quedó inmóvil bajo la lluvia?

Demasiadas casualidades.

Se acercó a la ventana y bajó la persiana. ¿Estaría Carlos siguiéndola, vigilándola? Pero entonces, ¿dónde estaba su hijo? ¿Estaba solo en la sierra? ¿O, peor aún, con esa mujer?

No quería ponerse histérica, ella trataba de ser justa y racional, no iba a creer en fantasmas ni en conspiraciones, no podía caer tan bajo como para pensar que aquel manuscrito tenía propiedades mágicas.

Lo que sí tenía era el propósito de hacer daño.

Qué asquerosidad. El animal del Tuercas organizaba orgías y pretendía hacer algo tan brutal que hasta Trini se negaba. Carmen prefería no conocer los detalles. ¿Qué otras barbaridades iba Carlos a considerar necesarias para su gran obra literaria?

¿Parecida a Beatriz Pancorbo?

Al menos en una cosa, se sentía secuestrada por el libro, no podía escapar de él, no podía dejar de leer ese manuscrito que ahora estaba dentro del armario cerrado.

Carmen se desnudó y se acostó de nuevo, otra vez boca abajo, otra vez a oscuras, otra vez oyendo la lluvia. No quería asustarse, sólo tenía ganas de llorar.

Le sobraba tiempo, así que decidió ir acercándose a Riofrío andando bajo el alero de los tejados, sin paraguas, con las solapas de la cazadora subidas y las manos en los bolsillos del vaquero. Parecía cierta trágica figura de la pantalla, símbolo de la rebeldía juvenil, hasta que se dio un manotazo en la frente, porque acababa de recordar que, cuando el Letrado decía Riofrío, no quería decir en absoluto Riofrío. Demasiado fácil, ¿verdad? El vesánico versado en leyes, pero desposeído de su cordura y sensatez, cuando decía una cosa esperaba que él entendiera lo que no había dicho, así que la céntrica cafetería aludía a la apartada estatua ecuestre de un abatido general con una gran barriga.

Y este galimatías era ¡por motivos de seguridad!

Llovía a mares, pero él era un hombre rico, lo iba a ser, así que paró un taxi. Al Retiro, le dijo, y a mitad de trayecto vio el paraguas plegable olvidado en el suelo. Lo interpretó como un augurio positivo: la suerte le sonreía.

Eso pensó, por más que, al llegar a la estatua del melancólico militar, la sonrisa del destino trocose, por obra de un golpe de viento, en amargo rictus o sardónica mueca que desfigura el rostro. Tiró el paraguas desvarillado a una papelera y maldijo su suerte. Se había calado hasta los huesos. Dio tres vueltas a la estatua a paso ligero para entrar en calor.

Este es el plan, le explicó el Letrado, que venía con un enorme paraguas negro: le vigilaremos emparedado, modelo sándwich, cada uno en un extremo: tú le sigues y yo voy por delante y le espero. Tú persigues y yo pre-sigo. A la menor indicación de que algo va mal, me haces una llamada perdida o te la hago yo a ti y abortamos: salimos corriendo y nos vemos mañana a las once en Riofrío, pero ¡mucho ojo!, esta vez digo Riofrío y quiero decir Riofrío, ¿de acuerdo? Este sitio ya está quemado.

Riquelme asintió. El Letrado se despidió para situarse en la tapa delantera del emparedado y Riquelme se quedó bajo cierto árbol de follaje espeso y hojas anchas palmeadas, intentando protegerse de la lluvia.

Le vio venir de lejos y no podía creerlo: era cojo.

Cojo perdido. Arrastraba la pierna izquierda como quien carga con una maleta.

Se sintió estafado: Pancorbo, el tiburón de empresa, el propietario de la firma Quick, una de las más prestigiosas del sector de mensajería y transporte urgente, el millonario implacable y sin escrúpulos, el capitalista frío y calculador, resulta que no era más que un cojo bajo la lluvia, cambiando de estatura a cada paso, arriba y abajo, con una gorra impermeable y una mochila a la espalda.

Pancorbo dio la vuelta a la plaza para localizar la papelera más próxima a la cola del caballo. Era la misma en la que Riquelme había tirado el paraguas inservible. Encontró la bolsa de plástico y sacó la nota que había en el interior. Se quitó las gafas para leerla acercando mucho el papel a los ojos. «Plaza Mariano de Cavia. Caja de galletas en contenedor Clínica.» Resopló, volvió a ajustarse las gafas sobre el caballete de la nariz y encendió un cigarrillo. Era tabaco negro, Ducados. Fumó protegiendo el pitillo con la mano, tosió con ímpetu, miró a su alrededor y echó a andar hacia la salida del restaurante Florida Park. Iba pisando charcos y tenía los bajos del pantalón salpicados de barro.

En Menéndez Pelayo cogió un taxi; Riquelme, el siguiente.

Los patos mecánicos de la fuente movían las alas en la oscuridad. En el edificio de la Clínica de Reposo del Doctor León sólo había una luz encendida en el piso de arriba. Todas las ventanas tenían barrotes de hierro. El padre de Beatriz se acercó al contenedor, que rebosaba cartones. Parecía agotado, casi sonámbulo, cuando se agachó a inspeccionar los desechos. Había cajas de frutería, embalajes de cartón, aparatos electrónicos, tablones de madera, los bloques de corcho blanco que sujetan las teles, algún zapato (como de costumbre desparejado), un bolso de mujer, cajas de pizza y, sobre una pila de periódicos, por fin, la caja de galletas, hacia la que don Benito se agachó con visible esfuerzo.

No llegó a alcanzarla.

De entre las tinieblas, como un relámpago, acompañadas de un rugido, surgieron dos enormes manos que le empujaron con furia.

El padre de familia cayó de culo y quedó sentado en la acera, sobre un charco.

—¡Estás invadiendo nuestra propiedad particular! —aulló el poseedor de aquellas manos que tenían el tamaño de herramientas.

Era un mendigo corpulento, de voz cavernosa y profética, barba blanca y ojos feroces. A Riquelme le recordó al famoso Escalero. La luz de una farola proyectaba la sombra del indigente sobre el padre de familia sentado en agua de lluvia. De un bolsillo del abrigo sacó el pordiosero una navaja de afeitar que abrió al tiempo que preguntaba, ahora con voz pausada y tono amable:

—¿Te rebano el pescuezo? Dime qué hago ahora contigo. ¿Te secciono la yugular o la carótida? Dímelo tú.

—No, no, por favor, soy un padre de familia. No me haga daño. Yo no sabía.

—¡Él no sabía! —adoptó una actitud declamatoria, como si se dirigiera a una invisible asamblea o a doce hombres sin piedad—. Nada sabía, el inocente paterfamilias. Él pensó que era *res nullius*, tierra de nadie, a su entera disposición, ¿no es eso?

La hoja de la navaja emitía destellos cada vez que la blandía para dar énfasis a sus palabras.

—Le pido perdón. Es que no sabía.

—¡Qué atrevida es la ignorancia! ¿Y no es más cierto que pretendía no saber? Esto es allanamiento de morada. Humilde morada, salta a la vista, pero morada. Ítem, la agravante de nocturnidad. Otrosí, el desacato.

—Se lo suplico, sólo quiero esa caja de galletas.

—Así de fácil. ¿Verdad que es muy fácil? El asaltante sólo quiere una caja. De galletas. Ni más ni menos. Una caja de galletas vacía. Cuánta inocencia, ¿no es verdad? —mostró la navaja a su imaginario auditorio.

Don Benito había empezado a llorar.

—Se lo ruego. Sólo quiero la caja. Le pagaré lo que me pida.

—¿Intento de soborno? ¡No empeores tu situación más todavía!

—Por favor, es cuestión de vida o muerte —el padre de familia lloraba ya sin recato.

—No somos insensibles a esas calientes lágrimas en tus mejillas. Ni aunque fueran de cocodrilo. No somos de piedra. ¿Es que uno de nosotros no tiene también ojos capaces de llorar nuestras propias lágrimas? ¿Acaso no tiene uno de nosotros manos, órganos, proporciones, sentidos, afectos, pasiones?

Recitaba con penosa gesticulación y se iba llevando la mano que empuñaba la navaja a la otra mano, al estómago, a los hombros, a los oídos y a la nariz, al corazón y, por fin, al pronunciar la palabra «pasiones», abrió en cruz los brazos y alzó los ojos al cielo encapotado.

—Si nos pincháis ¿no sangramos? Responde: ¿sangramos o no? —preguntó tras hacerse en el dorso de la mano un corte con la hoja.

El padre de familia asintió con la cabeza.

—Sangramos, compruébalo tú mismo.

—Por favor.

—Tendrás tu caja, pero a cambio quiero tres cosas tuyas.

—Lo que quieras.

—Sólo tres cosas. La primera, quiero tu gorro de lluvia. O es que, si llueve, ¿no nos mojamos?

—Toma.

—Además quiero tu cinturón. ¿O acaso a nosotros no se nos caen los pantalones?

—Tómalo también.

—Sólo queda la tercera parte del rescate. Quiero tu sangre.

—¿Mi sangre?

—Tu sangre, tu roja y tibia sangre, tu sangre espesa como ese dolor que sientes. No toda, entiéndeme, no somos acaparadores. No toda. Me basta con verte sangrar un poco.

—¿Le interesa a usted que sangre?

—¿No sangramos los demás?

—De acuerdo, muy bien, deme esa navaja —se rindió el padre de familia, que ya no podía más.

—Ni hablar: tú me degollarías. Te haré sangrar yo, ¡ponte en pie!

Tras un árbol, Riquelme vigilaba y pasaba miedo por la mochila. ¿Y si el chiflado aquel le quitaba a Pancorbo la mochila con los trescientos mil euros? Sacó la pistola, por si acaso.

Cuando el mendigo acercó la navaja al rostro del padre de familia, Riquelme temblaba como si fuera un órgano de las plantas que crece en las ramas, casi siempre laminar y de color verde.

Don Benito Pancorbo le llegaba al indigente a la altura del pecho. El mendigo le sujetó la barbilla con la mano izquierda y movió la navaja con la derecha a gran velocidad. El padre de familia soltó un grito agudo, semejante al graznido que hubiera podido emitir uno de aquellos pájaros mecánicos con alas articuladas.

—Tu sangre —dijo el mendigo con satisfacción y pasó los dedos por la herida—. La lluvia te limpiará.

Era un corte horizontal que atravesaba la mejilla izquierda desde el lóbulo de la oreja a la comisura de la boca.

A Riquelme le dolió de pronto su propia cicatriz, la herida que no le hizo Escalero retoñaba como un remordimiento o un recuerdo vergonzoso.

Con aire magnánimo y evangélico, el mendigo dijo:

—Ahora estás limpio. Coge la caja y vete. Y no vuelvas a pecar.

Con la caja en la mano, y la mochila a salvo, el padre

se alejó del contenedor, leyó las instrucciones escritas a bolígrafo en el interior de la tapa y enfiló la cuesta abajo hacia la estación de metro de Pacífico, renqueando agotado y con la culera del pantalón empapada.

Se iba cerrando la noche, no se veían estrellas y ciertas aves nocturnas se lanzaban hacia aquel hondo cielo negro en el que no hacían pie.

El 6 horizontal. De diez letras. Tiene una ese de separados. Entre los griegos, apartamiento de alguien de la vida en común, voluntario o impuesto.

Ostracismo. Le hacían el vacío. Nadie le miraba, como si no existiera, y Carlos se sentía apartado del resto de la humanidad, como si hubiera cometido una acción irreparable.

Yolanda seguía sentada en el suelo, con la espalda contra la pared, aunque ahora tenía en las manos una botella de ginebra.

—¿Qué has hecho con él?

—No ha vuelto. Voy a buscarle. Necesito la linterna.

—No vuelvas sin el chico. Tienes que hacer algo.

—¿Te maltrata? ¿Qué ha pasado? —Carlos pensó que, a estas alturas, Jorge bien podía esperar unos minutos más antes de que él saliera a buscarle, sin saber si estaba perdido o huyendo.

—Me ha pegado, ya te lo he dicho, Charly: tu hijo me ha pegado.

—¿Cómo ha sido?

Yolanda bebió un largo trago de ginebra y escondió la cabeza entre las manos, de tal forma que, cuando habló, su voz parecía salir de debajo del suelo:

—Me ha pegado en la tripa. Quería hacerle daño a mi hijo. A nuestro hijo Carlitos.

—No es posible —se asombró Carlos.

—Tú prefieres no creértelo, ¿verdad? Si no te gusta lo

que oyes, si la verdad te duele, cierras los ojos o miras para otro lado. Pues se acabó. Ya no te lo voy a consentir más: enfréntate a la verdad.

Iba a levantarse, Carlos estaba seguro. Se levantaría con el único propósito de poder seguir dándole la espalda. Luego lloraría o se pondría a dar gritos. O ambas cosas.

—Te creo, de verdad, te creo —dijo para intentar mantenerla sentada—. Te ha pegado. Le encontraré y hablaré con él.

—¿Hablar con él? ¿Eso es todo lo que piensas hacer? Esta vez ya no es suficiente. ¿Es que no te das cuenta? Quería matar al niño.

—Es su hermano.

—Sólo de padre. Su madre soy yo. Es mi hijo y eso Jorge no lo puede soportar.

—¿No habrá sido un accidente, que lo haya hecho sin querer?

En cuanto acabó de decirlo se dio cuenta de su error: Yolanda se levantó de golpe y se situó detrás de él. Se volvió hacia ella, que ya estaba de espaldas y lloraba con rabia.

—Eso es, arráncate los ojos para no ver la realidad —dijo.

—Te creo, Yolanda, pero es mi hijo.

—Carlitos también es tu hijo. Y ha intentado hacerle daño.

—Voy a buscarle.

Metió en una mochila un chubasquero para su hijo, rellenó la petaca con lo que quedaba en la botella, se puso ropa de abrigo y un gorro, y cogió la linterna y la pistola, su SIG-Sauer P226. Había pensado disparar al aire para que Jorge lo oyera y viniera hacia él.

Se despidió de Yolanda, que no contestó, y salió solo a la noche oscura y fría, contra el viento que venía de la montaña.

Seguía lloviendo, era agua mezclada con nieve que el viento le lanzaba a la cara con tanta violencia que le costaba mantener los ojos abiertos. Atrás dejaba a una mujer vuelta de espaldas y cargada de razón, para ir en busca de un muchacho vuelto de espaldas y cargado de razón. ¿Qué más esperaban de él?

Se internó en el bosque, donde costaba avanzar, no sabía si al siguiente paso iba a apoyar el pie sobre algo duro o algo blando, si se golpearía contra una piedra o una raíz, o si se hundiría en un charco o en un hoyo. La linterna no ayudaba mucho, sólo hacía visibles la lluvia y los cristales de nieve más cercanos. El ruido del viento era ensordecedor y pensó que un disparo su hijo ni siquiera lo oiría o lo confundiría con otra cosa. El chico era tan torpe, nunca ponía atención en nada.

Cada poco tiempo marcaba el número del móvil de su hijo y saltaba el contestador, hasta que comprendió que lo había desconectado. Avanzaba cuesta arriba, muy despacio, con frecuentes tragos de whisky, y cada pocos metros se detenía y gritaba el nombre de su hijo. Sabía que el propio nombre tiene más poder que un disparo, puede despertar al que duerme y es lo único que oyen los que agonizan.

Atravesó una corriente de agua helada en la que se mojó hasta más arriba de los tobillos. Al otro lado, el bosque desapareció y se encontró a cielo abierto, en un promontorio de roca y hierba rala salpicada de flores amarillentas. Los pétalos volaban arrastrados por la cellisca. Un poco más allá distinguió una hilera de pinos.

Cuando llegó hasta ellos comprobó que no era el principio de otra zona de bosque, sino que estaban situados al borde de una cortada. Se asomó con precaución y le pareció que el talud podría tener unos seis o siete metros de altura. Era peligroso acercarse, el suelo no era firme y le haría caer al vacío. Al pisar cerca del borde se desprendieron piedras y trozos de tierra. El fondo estaba oscuro. Llamó a su hijo y el eco le devolvió su propia voz. Dirigió la linterna hacia la cima de La Estarcida: sólo vio jirones de nubes negras que el viento empujaba hacia La Mujer Muerta.

Tenía seis balas y no sabía si era mejor disparar tres seguidas o disparar tres a intervalos regulares. Quería conservar las otras tres, sin saber bien para qué, porque ni él mismo creía en la amenaza real de un jabalí, un lobo o un oso.

Al final se decidió por disparar una bala cada minuto, así no quedaría duda de que intentaba hacer una señal. Se sentó en una roca, bebió un largo trago de la petaca y disparó el primer tiro al aire.

De un árbol escaparon varios pájaros y le pareció que un arbusto temblaba, como si un animal en fuga lo hubiera atravesado. Nada más. Mantuvo la linterna en posición vertical, para que el haz de luz pudiera verse a mucha distancia.

Su hijo era incapaz de golpear a nadie y mucho menos a una mujer embarazada. Por otra parte, que Yolanda inventara una cosa así era un problema aún más grave.

Disparó el segundo tiro. Esta vez no se movió ni una hoja.

¿Y si no mentía? En ese caso su hijo estaba peor de lo

que Carlos pensaba. Bebió un poco más. Aún quedaban dos botellas enteras en el Land Rover.

¿Cómo había podido llegar Jorge hasta ese punto? Un carácter tan abrupto y difícil como el de su hijo, tan hostil y a la vez tan indefenso, sólo podía haber sido causado por una colisión de placas en el interior. Una superficie tan accidentada hacía pensar en una intensa actividad tectónica a gran profundidad, un pliegue que hubiera podido provocar esta escarpada cordillera.

El choque entre su madre y él dentro del corazón de Jorge, pensó Carlos.

Disparó la tercera bala.

Y él, ¿cómo había llegado él a un punto en el que no veía más remedio que seguir bebiendo? ¿Qué más necesitaba aprender? Estaba ya bastante borracho y ni siquiera sentía frío, pero no encontraba otro consuelo que terminarse la petaca. Le empujaban entre todos, cada uno desde un lado.

Además ahora ya no podía levantarse de aquella roca. Ser padre era permanecer inmóvil, esperar en el mismo sitio.

Si su hijo había oído los disparos, si había entendido que eran una señal, intentaría acercarse hacia allí, así que él no podía abandonar esa piedra de granito, tenía que seguir sentado, espeluznante, astroso, con la petaca y la pistola, al borde de un abismo de dimensiones reducidas, mientras la lluvia le empapaba y el viento le metía agua en el cuello y por los huecos de las mangas, y le incrustaba en la barba cristales de nieve.

Con los pies y las manos helados, allí seguía, la petaca medio vacía, la linterna encendida, para que un resplandor lejano sirviera de orientación a su hijo.

Recordó al viejo que vivía en un tonel, aquel Diógenes que paseaba con un candil en la mano, buscando entre la multitud, como si hubiera perdido algo, mirando a todos uno por uno, y cuando le preguntaban, sólo respondía: busco a un hombre.

Su situación era más difícil que la de Diógenes: él tenía que conseguir que su hijo le buscara a él. Que saliera de la oscuridad y avanzara hacia la luz de su padre, y atravesara el bosque, y cruzara el torrente con el agua fría por los tobillos, y llegara hasta esa piedra plana que sostiene a su padre sentado al borde de un despeñadero.

¿Y si no le daba la gana? Al fin y al cabo, se había ido porque había querido, furioso, despechado, con su cargamento de razones, de agravios y de rencores. Y había desconectado el móvil. Podía haber visto la luz de la linterna, podía haber oído los disparos y aun así haber vuelto la espalda a su padre. Quizá pensara que todavía no era suficiente: que espere, que sufra un poco más, que le duela tanto como me duele a mí.

¿Hasta cuándo sería capaz de prolongar el castigo? ¿Hasta dónde iba a empujar a su padre que ya estaba sentado al borde de un precipicio de seis o siete metros?

Había encendido una hoguera, había gritado su nombre, había disparado al aire: toda su vida eran señales en la oscuridad, eso era él, pensaba Carlos; era un fuego, una detonación, un grito era su vida, sólo para que su hijo volviera la vista hacia él.

Un año entero, un año ciego había pasado sentado en una piedra helada, en aquella sala de la calle Jordán, en los encuentros vigilados, sin que su hijo levantara la vista de la mesa de formica para mirarle a la cara. Antes de contestarle a él, Jorge miraba al psicólogo y la asistente social, como si les pidiera permiso.

Un año, toda una vida, alimentando el fuego, girando sobre sí mismo como un faro, y su hijo en alta mar, incapaz de verle, a punto de desaparecer tras el horizonte.

Se acabó el whisky y se guardó la pistola en el bolsillo. Llamó una vez más y volvió a saltar el contestador.

Ya no sabía qué más podía hacer.

Entonces fue cuando vio una luz que avanzaba entre los árboles. Era una linterna. La luz atravesó el torrente, se dirigía hacia él. Carlos se puso de pie y echó a correr, agitando su propia linterna en el aire.

—¡Aquí, Jorge, aquí! ¡Hijo! ¡Hijo! ¡Aquí estoy, hijo!

¡Mami! ¡Mami! ¡Mami! Cuando se despertó aún no era de día y en la oscuridad creyó que su hijo la llamaba con la misma voz aguda y angustiosa que tenía cuando era pequeño.

Pensó que estaba en peligro.

Comprobó el móvil, no había llamadas perdidas. Eran las seis y tres minutos. Se miró las manos y sintió vergüenza. Si cerraba los ojos veía a su hijo. Tendría dos o tres años. Se alejaba montado en un correpasillos, una moto de plástico que impulsaba con los pies. Detrás tenía una cesta en la que Jorge llevaba su conejo de peluche favorito. Podía caerse, podía golpearse con un mueble, podía chocar contra una pared, pero estaba a salvo. Le veía también con siete años, nervioso, incapaz de estarse quieto, esperando a su padre, buscando la mirada de su padre sin saber qué iba a encontrar, mirándola a ella de reojo, como si le pidiera ayuda para saber de qué lado soplaba ese día el viento, de qué humor estaba su padre o cuánto había bebido. Tenía un pantalón vaquero y un jersey rojo, y le gustaba sacar las puntas del cuello de la camisa por fuera del jersey. También estaba a salvo. Era frágil, necesitaba protección, aún podía hacerse daño con cualquier cosa, pero seguía a salvo. A salvo sobre todo de sí mismo, pensó, y entonces le vio sentado en el alféizar de la ventana, con los pies colgando hacia fuera. En la ventana del salón que daba a Zurbano, la misma a la que se había acercado Carlos con el niño en brazos.

No tenía ninguna intención de tirarse, eso dijo la psicóloga, la doctora Cuétara, sólo necesitaba llamar la atención, era su forma de pedir ayuda. Por eso recurrió a Natalia Garvía, la abogada amiga de Cristina Maroto. Tenía que separarle de su padre, era su responsabilidad. Intentó ser justa: en aquel momento Carlos no estaba en condiciones de ocuparse de su hijo, las cosas como son. Era lo mejor y, cuando se recuperara, ella se encargaría de que volviera a verlo. Y así lo hizo, había sido justa.

Seguía tumbada en la cama y ahora volvía a ver la cabeza de su hijo descendiendo, encerrado en la caja del ascensor, con la mochila a la espalda y la navaja en su funda, colgando del cinturón de herramientas, con la cantimplora, la linterna, la brújula y la cuerda.

Mi hijo estará despierto, se decía. Estaba segura. Se hará el dormido, dentro de su saco, pero yo sé que está despierto y asustado, esperando a que su padre se despierte. Vuelve, decía, sal de ahí, hijo, vuelve a casa, ven conmigo.

Tenía que levantarse. A las ocho en punto llamaría a Jorge.

Se lavó las manos con agua tan caliente que empañó el espejo, pero, por más que frotaba con la pastilla de jabón, no dejaba de sentirse sucia. En el vapor apareció una palabra escrita en mayúsculas con un dedo: PUTA.

Preparó café. Recordó que había metido el manuscrito en el armario, como si fuera un animal peligroso. Allí seguía, debajo de los jerséis de invierno. Con el fatalismo de una adicta, siguió leyendo. Se rindió, no lo podía evitar.

Ya era de día cuando paró. Había unas nubes deshilachadas, filamentos flotando en una claridad grisácea, espesa y lechosa, que le recordó el manso caudal de esperma de Miguel Caturla resbalando entre sus dedos.

No era bastante hacer sufrir a la chica; al padre también se proponía el autor darle su merecido. Y al mismo tiempo, el lector no podía olvidar que Beatriz corría más peligro que nunca, a disposición del Tuercas, sin que Toni Riquelme pudiera protegerla.

¿El lector? ¿Qué lector? Esa novela iba dirigida a una sola lectora: ella. Estaba convencida, como también lo estaba de que el libro contenía un mensaje cifrado. Una amenaza, una venganza o las instrucciones para entregar el rescate. Porque su hijo no estaba de excursión con su padre: estaba secuestrado. Igual que Beatriz Pancorbo. No podía dejar de preguntarse qué le estaría pasando a su hijo. ¿Y por qué no cogían el teléfono ni Jorge ni Carlos?

Se consideraba una mujer racional, realista, opuesta a los excesos de la imaginación, contraria a asustarse sin motivo. Si no contestaban ni llamaban podía haber mil razones inocentes o casuales, no era indispensable ponerse en lo peor. Se habrían quedado sin batería, por ejemplo. ¿Los dos teléfonos? Uno sin batería y el otro estropeado. O lo había apagado Jorge y luego no recordaba el número PIN, le ocurría con frecuencia. Era un poco distraído. O se le había caído al agua en algún riachuelo y se había estropeado. Era muy torpe, todo se le caía de las manos. O estaban fuera de cobertura. No, eso no: al menos una vez le habían colgado el teléfono: había cobertura, al menos ayer la hubo.

Sin duda le habían colgado al ver su nombre en el visor, pero hasta ese momento no se le había ocurrido llamar desde otro teléfono. Sintió un alivio inmediato. A lo mejor sólo se trataba de eso. Una pequeña venganza, mantenerla sin noticias durante los tres días. Quizá se lo mereciera, admitió. Carlos era así y le diría al chico que lo hacía por su bien, que no contestara a las llamadas de su madre, porque ya tenía que hacerse mayor, independiente, todo un hombre.

Si no era más que eso, podía aguantarlo. Era una madre demasiado protectora, tenía que reconocerlo. No le faltaban razones, las cosas como son, ella había visto la sangre de su hijo en la alfombra y le había visto dispuesto a saltar por la ventana. Y sabía que estaba decidido a hacerlo, dijeran lo que dijeran los demás, la doctora Cuétara y su padre. Ella era su madre y lo sabía.

Le costó algo más de lo que pensaba, pero consiguió encontrar en su móvil la función que permitía ocultar su identidad y realizar llamadas desde un número oculto. Eran las ocho y diez. Llamó primero al móvil de Carlos. Sonó ocho veces antes de que apareciera el mensaje «no hay respuesta». Llamó al móvil de Jorge. Esta vez saltó el contestador.

—Jorge, llámame de inmediato, por favor. Te quiero mucho.

El mensaje quedó grabado y Carmen volvió a perder los nervios. ¿Qué podía hacer? Llegó a pensar en ir a la plaza de Mariano de Cavia y pedirle instrucciones al orador mendigo. Quizá también hubiera una caja de galletas para ella, con las respuestas a sus preguntas escritas a bolígrafo en la tapa.

Lo recordaba muy bien, estuvo yendo durante meses

dos días por semana a la consulta de la doctora Cuétara. Sí, como las galletas: tal vez de ahí venía la caja que tanto había hecho sufrir al padre de Beatriz.

Lo recordaba y por eso estaba tan nerviosa. El mendigo era corpulento y aterrador, tal y como aparecía en la novela, y hablaba con el mismo tono declamatorio y el mismo batiburrillo jurídico. Lo que intranquilizaba a Carmen era que Carlos nunca había ido a la clínica. Cuando ella llevó a Jorge a la psicóloga, ya estaban en vigor las medidas provisionales y Carlos no podía ver al niño. ¿Cómo iba a conocer entonces al mendigo?

La caja de galletas era otra cosa: Carlos sí sabía el nombre de la doctora. Pero el mendigo era alarmante, porque era el mismo dentro y fuera de la novela, a uno y otro lado de la página.

Intentó tranquilizarse. Podía habérselo contado más tarde el niño. ¿Por qué no? No es raro que un niño recuerde esa clase de cosas, muchos años después, con todos los detalles.

Porque si no, ¿cuándo y por qué había estado Carlos allí? ¿Tanto tiempo llevaba vigilándola en secreto? ¿A ella o a los dos, a ella y a su hijo?

Ojalá sólo se trate de mí, casi suplicó Carmen.

Aunque había conseguido sentarse, don Benito Pancorbo parecía la criatura más desdichada de aquel vagón de metro en el que ya no quedaba ni un solo asiento vacío. Daba pena y algunos pasajeros evitaban mirarle. El traje gris estaba empapado, no llevaba corbata y el cuello de la camisa y las solapas de la chaqueta tenían salpicaduras de sangre oscura. El corte en la mejilla presentaba un aspecto feo, restañado pero recubierto de una costra endrina. La mochila sobre los muslos no le añadía ni dignidad ni elegancia ni arreglo del aspecto o comedimiento, o circunspección o respeto en la manera de comportarse.

Con discreción, Riquelme le vigilaba a distancia, de pie en el otro extremo del vagón. ¿Qué era lo que veía cuando miraba aquel rostro con una cicatriz tan semejante a la suya?

Algo que le asustaba, porque sintió un dolor intenso, como si recibiera una advertencia. Algo que parecía decir que ni Pancorbo ni él deberían compartir aquel vagón de metro, aquel viaje hacia un destino desconocido y que a Riquelme le daba miedo, porque él lo único que había querido en esta vida eran cosas muy sencillas: no tener que contar el dinero, viajar en avión, cenar de restaurante cada vez que le diera la gana y llevar trajes como los del

Letrado, don Sebastián Cárdenas, el hombre al que cada día que pasaba admiraba un poco menos.

El depósito de un sueño o de una ambición se llena muy despacio, pero el día menos pensado basta una sola gota más para que rebose y se derrame de golpe sobre la vida real, hasta inundarla por completo; y así se sentía Riquelme ahora: con el agua al cuello.

Apretaba el pulgar entre los otros dos dedos de la misma mano, el corazón y el índice, para intentar comprender lo que le estaba pasando y se concentraba con tanta intensidad como si se hubiera propuesto provocar una idea por evaporación, una visión de sí mismo que saliera despedida de su cabeza en forma de humareda.

Se bajaron ambos en Tribunal, donde el padre recogió la siguiente nota en la papelera más cercana a la salida a la calle Barceló. Riquelme le esperó en la plaza y comprobó que llegaba a su destino, la sauna Aristos, en la calle Larra, donde había trabajado Almond. Le vio tocar el timbre, esperar el zumbido, abrir la puerta y entrar cojitranco, mochila a la espalda, cabeza vencida y las manos rozando los muslos, como si no encontrara nada en que emplearlas o hubiera olvidado para qué servían.

Pasados diez minutos, Riquelme tocó el timbre.

Había que bajar unas escaleras que daban a un pequeño mostrador donde un tipo con camiseta negra le preguntó si era la primera vez o ya conocía el funcionamiento. Riquelme puso demasiado énfasis al decir que jamás había estado allí. Pagó los quince euros de la entrada. Se duchó, se anudó la toalla a la cintura y metió todas sus pertenencias en la taquilla que le correspondía, la 19.

Una vez dentro, le había explicado el de la camiseta negra, no debía llevar nada, en especial dinero, «por su propia seguridad», afirmó, aunque le proporcionó una funda de plástico para guardar tabaco o unas gafas. Lo que consumiera en el bar o cualquier otro servicio lo pagaría a la salida, allí bastaba con firmar. Pronunció «cualquier otro servicio» con un aire abstracto y sugerente que a Riquelme le produjo vértigo.

Chancleteó hacia el interior con las zapatillas de felpa, atento al nudo que le sujetaba la toalla a la cintura y a que no resbalara la otra toalla, más pequeña, que se había echado sobre los hombros. Había dejado el reloj en la taquilla y se había puesto en la muñeca la llave, que estaba enganchada a una cinta elástica.

Había unas luces rojizas que aumentaban la oscuridad o quizá sirvieran para ocultar las manchas, esos tenaces residuos de tantas pasiones apresuradas.

El local tenía un bar, una sala de vapor, otra de duchas y un pasillo con cabinas.

No tuvo suerte, don Benito Pancorbo no estaba en el bar, que tenía una pequeña barra y media docena de sillones con mesitas bajas. Al fondo, en una pantalla gigante, se veía una película pornográfica sin sonido. En la barra había un tipo de unos cincuenta con una agreste pelambrera canosa sobre las tetillas flácidas, que fumaba un purito y le dirigía a Riquelme miradas furtivas con pestañeos alarmantes. Estaba sentado en un taburete y, cuando cruzó las piernas, exhibió una barriga que casi ocultaba una picha minúscula y medrosa, pero no el dilatado escroto que colgaba entre las patas del taburete, como si fuera una bolsa de la compra.

En uno de los sillones había un chaval depilado, con musculatura penitenciaria, que sacudía con la mano su polla descomunal para que golpeara a intervalos regulares sobre su vientre liso. Pese a no estar del todo empalmado, le llegaba casi al ombligo. Cada vez que hacía impacto, sonaba un chasquido como un latigazo. Riquelme no podía evitar mirar y eso le avergonzaba, pero no se le había puesto dura y eso le hizo sentirse muy orgulloso y un poco más a salvo, como si a nada temiera tanto como a sí mismo.

Él no era maricón, por mucho que Trini le insultara en los espejos. Por si acaso, abandonó el bar en busca del padre de familia.

Entró en la sala de vapor, que era pequeña, con suelo de baldosa y un banco corrido en dos de las paredes. Había cinco hombres más o menos desnudos y todos parecían padres de familia, pero al único al que no se le veía la polla era a don Benito Pancorbo. En los otros cuatro, el miembro masculino de la copulación y último tramo del aparato urinario era de mayor tamaño que el de Toni Riquelme. Había que fastidiarse.

Pancorbo estaba sentado solo en una esquina, con la toalla bien anudada, los codos apoyados en las rodillas y los puños clavados en los pómulos. Parecía un hombre que hubiera llegado al último círculo de un infierno privado. Era muy difícil no mirar su pie equino, de piel rugosa, tendones secos y grandes dedos en los que las uñas, negras, parecían los clavos de una herradura. Daba a la vez miedo y ganas de llorar. Tenía puestas las gafas, pero no debía de ver nada con los cristales empañados. Riquelme se sentó a su lado y dijo: vamos a donde nadie nos vea. El padre diligente se quitó las gafas y le dirigió una mirada miope y suplicante. Sólo preguntó: ¿Beatriz?

Está bien, dijo Riquelme: tranquilo, ya está a punto de terminar todo.

Al salir de allí sintieron algo de frío y oyeron, como el tictac de un reloj, los monótonos y pausados pollazos del ex presidiario, que aún seguía sin empalmarse del todo. El caballero de canas en las sienes y en el tórax ahora hacía un crucigrama del periódico, ajeno al alarmante descolgamiento de sus propios testículos.

Pancorbo propuso que fueran a una cabina. Había que pedir la llave en la barra y el padre firmó la factura de cincuenta euros.

Ninguno se atrevió a sentarse en la cama.

—Deme su llave —dijo Riquelme.

El padre preguntó por su hija.

—Quiero verla —exigió.

—No está aquí —le explicó—: esto es lo que vamos a hacer, cogeré la mochila de su taquilla y comprobaremos que todo está en orden. Mientras tanto, usted espera aquí. Si no hay ningún problema, si no ha intentado jugárnosla, le devolvemos la llave de su taquilla, se viste y sale otra vez a la calle: podrá volver a ver las estrellas y a su hija.

—Eso no puede ser —afirmó Pancorbo—. ¿Cómo sé que mi hija está bien?

—Tiene mi palabra.

—¿Qué?

—Mi palabra de honor.

—¡Por el amor de Dios!

Al padre de familia se le saltaban las lágrimas y un gesto de desesperación hizo que se le abriera la herida de la mejilla.

—Esto es lo que hay. Tendrá que fiarse de mí.

Se quitó la llave de la muñeca y se la entregó a Riquelme.

—Por favor —sólo dijo eso.
—Tranquilo. Y límpiese, está sangrando.

Abandonó al lloroso padre en la cabina, se vistió, recogió la mochila en la taquilla número 15, dejó allí la ropa de Pancorbo y volvió a cerrarla. Entregó en el mostrador la llave de su propia taquilla y salió a la calle con la mochila a la espalda y la llave de la 15 en el bolsillo.

El Mercedes del Letrado le esperaba estacionado en un vado permanente.

El 11 vertical. De doce letras. Tiene una e de vergüenza y la o de miedo. Se produce una de ellas cuando se toma, usa o entiende una cosa por otra.

Equivocación, qué equivocación tan grande. Deslumbrado por la linterna, tardó más de lo debido en darse cuenta de que llamaba hijo a gritos a Yolanda, que traía un cuchillo de monte en la mano.

—¿Qué haces tú aquí? —preguntó Carlos.

—¿A ti qué te parece? Buscar al idiota de tu hijo. Hay que pararle los pies. Si no lo haces tú, lo hago yo.

—Tenemos que encontrarle.

—Pues llevas toda la noche, Charly.

Eran casi las ocho. Amanecía sin ganas y estaba dejando de llover, pero la temperatura había bajado tanto que la tierra mojada empezaba a endurecerse, como si padeciera una contusión.

—¿Por qué has traído el cuchillo?

—¿No llevas tú una pistola?

En eso tenía razón ella, aunque él la llevaba para hacer señales.

—Se ha tenido que perder —le dijo a Yolanda.

Ella no estaba de acuerdo, creía que se había escondido. Pensaba que el chico sólo pretendía castigarles, que se preocuparan por él, que se sintieran culpables. Culpables ¿de qué?, se preguntaba y ella misma respondía agraviada: ¡de quererse y de tener un hijo!

Tenía muy mala intención ese muchacho, eso dijo,

estaba acostumbrado a ser el ombligo del universo. Él le dio la razón, como era su costumbre, y sólo añadió que también había que intentar comprenderle. Que le comprenda su puta madre, propuso Yolanda. ¿Qué había que comprender cuando una recibía un puñetazo en la tripa? Y estando embarazada. Y de su propio hermano. Ella ya había perdido un hijo por culpa de Carlos y no estaba dispuesta a que ese mocoso le hiciera perder otro a puñetazos. Lo único que sucedía es que ese chico era malo. O su madre le había vuelto malo, qué más daba. Era peligroso.

Él le dio de nuevo la razón, aunque afirmó que sin duda el chico también estaría sufriendo. A Yolanda le pareció que le estaba bien empleado y no dejó de hacer notar que más estaba haciéndoles sufrir a ellos, y que en cuanto le encontraran se las iba a pagar todas juntas.

—Eso es lo urgente, encontrarle —pudo decir Carlos.

—Será si a él le da la gana. Tú no lo entiendes, Charly, está escondido.

Estaba demasiado cansado y borracho para discutir. Tampoco servía de nada. Con las mujeres no había manera. Él sólo quería abrazar a su hijo y cerrar los ojos.

—¿Por dónde habrá ido?

—Si no ha parado de andar, ya podía haber llegado a Madrid —respondió Yolanda.

Había dado por hecho que su hijo había ido hacia la cima, más arriba, o que se había internado en el bosque, más adentro. Ni se le había ocurrido considerar la posibilidad de que hubiera descendido, quizá siguiendo el curso de un arroyo, hacia el valle, hacia alguno de los pueblos en la falda de la montaña. Se preguntó para qué iba a querer bajar. Para llamar a su madre desde algún bar, por ejemplo. Recordó, sin embargo, que le había devuelto el móvil. No necesitaba bajar para eso. ¿Y si había llamado a su madre?

En ese momento sonó su móvil. Era Carmen. No contestó. Sintió un destello de rabia hacia su hijo. Tenía razón Yolanda. Jorge era el niño mimado de su madre, a la que le habría contado sus vengativas fantasías. ¿Por qué si no iba a llamar Carmen tan temprano? Le habría contado lo del embarazo. Y algo más de su propia invención: malos tratos, castigos, agresiones. Qué hijo de su madre.

—¿Vamos? —preguntó Yolanda.

—Vamos a por él.

—Por aquí arriba.

A Carlos le sorprendió la seguridad con la que lo dijo, como si ella siempre hubiera sabido dónde encontrarle.

Siguieron el borde del talud, subiendo una pendiente suave; a un lado, árboles y rocas; al otro, la quebrada.

Tenía razón ella, allí estaba el chico, vieron su silueta a contraluz, sentado al borde del barranco, con la espalda apoyada en el tronco de un árbol.

Carlos se dio cuenta de que el chico tenía que haber oído sus llamadas y los disparos. ¿Tendría razón Yolanda y estaba escondido con una de sus rabietas de niño pequeño?

Habían estado a muy poca distancia el padre y el hijo. Habían pasado la noche despiertos, separados por unos metros, sin dar un paso el uno hacia el otro.

Jorge había abandonado el refugio muy nervioso, necesitaba tranquilizarse y echó a andar con el único propósito de alejarse de todo aquello. Sentía odio hacia Yolanda, pero era aún más violenta la hostilidad que le provocaba su padre. ¿Cómo podía consentirlo? ¿De qué lado estaba? ¿Le había abandonado por otra mujer y había decidido reemplazarle con un hijo nuevo?

Eso le había dicho Yolanda, la novia de su padre: que él era sólo el niño de su mami, pero que su padre ya tenía otra familia, y un hijo de verdad, que por eso se llamaba también Carlos, porque era su hijo; él en cambio sólo era de su madre.

Se había puesto furioso y ella se había reído, le había provocado hasta sacarle de sus casillas, le había dicho que lloraba como los críos.

No pudo más, ella se acercaba demasiado, no pudo más y le dio un empujón para que le dejara en paz.

Ella sonrió y dijo en voz baja que la había golpeado. Le preguntó si pretendía hacerle daño a su hermano Carlitos y, antes de que él pudiera hablar, ella misma respondió: sí, eso es lo que quieres. Quieres hacernos daño a los dos, librarte de nosotros, ¿verdad?

Salió corriendo sin mirar atrás. Apenas vio a su padre, de pie fuera del refugio, una sombra borrosa que le llamaba. Ella tenía razón, las lágrimas le encharcaban los ojos, iba a acabar llorando como un crío.

Siguió corriendo hacia el interior del bosque, hasta que no pudo más y se detuvo exhausto. Entonces llamó a su madre. Saltó el contestador y dejó un mensaje: no podía más.

De inmediato se arrepintió. Él no era el niño de su mami: ¿acaso no sabía resolver solo sus problemas?

Permaneció un rato bajo la lluvia, sin saber qué camino tomar. Atravesó un riachuelo y siguió hacia una hilera de árboles.

Se sentía manejado por Yolanda, que le había provocado para conseguir que estallara. Se sentía avergonzado por haber llamado a su madre. Se sentía muy solo. Encontró un árbol al borde del talud y se sentó sobre una piedra.

Le deslumbró entonces su propia rabia, cegadora, un sentimiento duro y afilado como un vidrio roto. Era lo único que podía dirigir contra su padre.

Se dio cuenta de que, si se defendía de su padre con su rabia, él también se haría daño, se cortaría con el mismo cristal roto que utilizaba contra su padre.

No le importó. Desenrolló la cuerda que llevaba en el cinturón de herramientas. Lo preparó todo y se sentó en la piedra, con la soga al cuello y el otro extremo anudado a una rama del árbol.

Oyó la voz de su padre que le llamaba, oyó tres disparos. Volvió a llorar.

Su padre debía de haberse ido, porque ya amanecía y llevaba horas sin oírle.

Pensó que era el momento y de pronto vio las dos figuras que se acercaban. Era su padre, lo sabía, aunque su silueta había perdido el contorno, como agua derramada de un vaso, y su cuerpo parecía extenderse a los árboles y al dosel de tinieblas bajo el que latía la luz indecisa del amanecer.

No tenía tiempo que perder.

Eran las diez, había estado leyendo y acababa de salir del baño. No quería andar descalza, así que se sentó en la mesa del comedor con la toalla anudada bajo las axilas. Oyó un ruido y miró hacia la ventana. Otra vez pensaba que podía haber alguien espiándola, alguien que la veía sin ser visto.

Allí estaba, desnuda, sólo con una toalla, igual que el pobre padre de Beatriz. Al fin y al cabo, ¿no era ella también la madre de un secuestrado? ¿Y cuál era el rescate que le iban a pedir? ¿Con qué podía pagar ella? ¿Sólo tenía que continuar leyendo para averiguarlo?

Seguía demasiado nerviosa, el timbre del teléfono la sobresaltaba. Era Cristina Maroto.

—Sabía que estabas despierta —le dijo.

—Ya son las diez.

Le preguntó si había hablado con su hijo, qué sabía de los excursionistas. Carmen le explicó que no había logrado comunicarse. No se atrevió a contarle que había recibido un mensaje de su hijo.

—¿Y no te parece raro? Carmen, no es el Himalaya, ¡es el Guadarrama, por Dios! Hay estaciones de esquí, hay repetidores de televisión en la Bola del Mundo, ¿cómo no va a haber cobertura?

—Quizá forma parte de la experiencia —sugirió Carmen—. Ya sabes, los dos solos de excursión. Carlos piensa que el chico está un poco enmadrado. A lo mejor le viene bien.

—Entonces, ¿por qué estás tú tan nerviosa?

—Eso sí que no lo sé —admitió Carmen.

—Te invito a desayunar, tienes que distraerte. En el Estarivel. Yo invito al desayuno y tú traes los periódicos, ¿de acuerdo? ¿A las once y media?

Carmen aceptó. Los excursionista no llegarían hasta la tarde, a partir de las seis, y necesitaba alguna razón para salir de casa, no podía permanecer encerrada, secuestrada por un manuscrito, entre cuatro paredes y leyendo algo que le hacía pensar que su hijo estaba en peligro.

Se vistió con indumentaria dominical, vaqueros, zapatillas deportivas y una sudadera de la Universidad de Harvard. Aunque había dejado de llover, se puso una gabardina azul. Antes de salir miró hacia el manuscrito sobre la mesa del comedor y se dio cuenta de que ya no se había atrevido a sacarlo de casa, desde que lo llevó el viernes a la oficina. Era como tener a su cargo un animal peligroso, la fantasía de Carlos, el contenido de su corazón, su rencor, su dolor, todo estaba en esas páginas para quien supiera leerlas, desde el recuerdo de su infancia al crujido de su ambición frustrada. Y ella se había hecho cargo de todo aquello, de ese animal apaleado y tan lleno de rabia que no podía evitar morder sólo por desesperación.

Se preguntó qué había metido Carlos en su casa, a sus espaldas, aprovechando un momento de distracción mientras ella iba a buscar pilas de repuesto para la linterna; y por qué ella lo había aceptado. No sabía qué era lo que se sostenía sobre aquel esqueleto de novela. Una amenaza. Instrucciones para pagar un rescate. Una nota de suicidio. Una llamada de socorro. Un macabro mensaje de amor. Los huesos de cualquier novela soportaban demasiada sangre y demasiada carne: también la que pusiera el lector, el miedo de Carmen y su sentimiento de culpa.

Cerró con llave desde fuera, como si el animal manuscrito pudiera escapar y tuviera que echar la llave para protegerse encerrada fuera.

Compró tres periódicos en el quiosco, un paquete voluminoso, ya que traían los suplementos dominicales. Cristina no había llegado. Se sentó a la mesa al lado de la ventana. Veía los árboles, temblorosos de frío, y vio llegar a Cristina echando vaho por la boca.

—¿Has terminado el libro? —fue lo primero que le preguntó.

Carmen le contó lo que llevaba leído y Cristina aseguró que le recordaba a un clásico de la novela negra, *No Orchids for Miss Blandish*, de James Hadley Chase, que en español se titulaba *El secuestro de Miss Blandish*. No sabía por qué, pero ya la primera vez que Carmen le habló de la novela de Carlos había pensado en la de Chase. La había vuelto a leer. La traía en el bolso, en una antigua edición de bolsillo.

—¿Acaba bien? ¿Rescatan a esa Miss Blandish? —preguntó Carmen.

—Sí pero no. La rescatan y acaba mal.

Le contó que un detective privado, un tal Fenner, conseguía liberar a la chica. Ella está aturdida, la han drogado y violado, ha sido un infierno, pero Fenner la rescata sana y salva.

«Esto ha terminado», dice Fenner, pero la novela no

acababa ahí. Tenía dos páginas más. Cristina se las mostró a Carmen. En esas páginas, Fenner lleva a la chica a un hotel, para que se recomponga un poco antes de encontrarse con su padre. El detective ha llenado la habitación de flores. Orquídeas. En el hotel, la chica no mira las flores, sólo las toca con las manos al pasar. Va hacia la ventana. Mira el cielo nublado. Cristina leyó en voz alta: «Fenner observó que se dedicaba a deshojar las flores con dedos febriles. Los pétalos caían en la alfombra, a los pies de Miss Blandish».

Las dos se miraron. Cristina se dio cuenta de que Carmen ya sabía lo que iba a pasar.

—Se tira por la ventana —dijo Carmen.

—Sí, la novela no había terminado. Ese es el final.

—¿Por qué me cuentas esto?

—Eso sí que yo tampoco lo sé.

—Estamos las dos un poco nerviosas, vamos a desayunar.

Los huevos fritos, el zumo de naranja y un segundo café les devolvieron la presencia de ánimo. Se estaban ahogando en un vaso de agua, lo sacaban todo de quicio, se ponían histéricas. Ellas, precisamente ellas, que eran mujeres adultas, razonables, profesionales independientes. Carlos era un tipo siniestro, ninguna lo dudaba, pero Carmen y su hijo habían sabido ponerse fuera de su alcance.

—¿Están los dos solos allí? —insistió Cristina.

—Supongo. ¿Por qué?

—Pensaba en esa mujer, Yolanda. Es ella la que no me gusta nada.

—Se lo pregunté y me dijo que no.

Nada más decirlo recordó que Carlos no había dicho

exactamente eso, sólo que ella tenía trabajo y que no creía que fuera. Fue el chico el que aseguró muy feliz que estarían solos.

Entonces volvió a sentir miedo.

—Llámame —le dijo Cristina al despedirse.

Cristina parecía tan preocupada que su preocupación tranquilizó a Carmen. Eran dos mujeres solas que se asustaban para que en sus vidas sucediera algo.

En realidad, no había nada que temer, en pocas horas llegaría su hijo.

Pensó que llegaría hambriento. Paró a comprar carne picada para hacerle hamburguesas. Se llevó cerveza para ella y un ramo de claveles que le vendió una china en la plaza de San Juan de la Cruz.

El plan del Letrado era muy sencillo: Riquelme tenía que volver a la casa de la calle Pedrezuela y le diría a Almond que saliera a reunirse con el Letrado en el bar Vicencio. Cuando se quedara a solas con el Tuercas, Riquelme tenía que matarlo.

Hasta ahí estuvo de acuerdo, sobre todo porque ya no tenía otra opción: o mataba al Tuercas o se dejaba matar por él.

Después esperaría el regreso de Almond y, en cuanto entrara por la puerta, también lo mataría. Intentar matar a los dos juntos era demasiado peligroso.

El resto era pan comido: dejar libre a la prisionera y reunirse con el Letrado para repartir el dinero.

Así terminaba todo.

—¿Y qué pasa con Trini?

—Es tu novia, ¿verdad? Opino que tienes que decidirlo tú.

—No es mi novia.

—¿Quieres eliminarla también?

—Sería lo mejor.

Riquelme dudaba.

Matar al Tuercas ni siquiera era optativo y, en cuanto a Almond, no le entusiasmaba la idea, pero tampoco le suscitaba un problema de conciencia: él no estaba implicado, sólo cumplía con su deber, no había nada personal en el asunto, era sólo trabajo. Incluso lamentaba que Almond tuviera que morir, le tenía aprecio, pero el trabajo es el trabajo.

Matar a Trini se le antojaba mucho más difícil. Arduo, complicado, comprometido, enrevesado, espinoso, pantanoso, duro de pelar o vidrioso.

La dificultad estribaba en que a Trini sí había deseado muchas veces matarla, así que no sería sólo trabajo: habría una implicación personal. Eso complicaba las cosas. Tantas veces había soñado que la atropellaba un coche, que la apuñalaba un cliente o que le daba uno de esos infartos fulminantes. Tantas veces había sentido la tentación de estrangularla dormida, de empujarla al paso del metro, de clavarle un cuchillo por la espalda. No lo había hecho por una sola razón: tenía miedo de no poder seguir viviendo después. Si ahora mataba a Trini por motivos laborales, al mismo tiempo también cumpliría su deseo y eso le daba miedo. Cumplir un deseo era como abrir una caja sin saber lo que había en su interior.

—Encárgate del asunto —le dijo el Letrado.

—Aunque por otra parte no sé si vale la pena. Total, por seis mil euros, es calderilla —mintió Riquelme, que no estaba seguro de ser capaz de aceptar las consecuencias de sus deseos.

Además, sabía de sobra que Trini, si seguía viva, le quitaría el dinero. Sería a él al que le dejaría sólo calderilla, ni siquiera seis mil euros. Aunque para ello tuviera que matarle. ¿Sería Trini capaz de matarle?

Se le ocurrió entonces, por primera vez, que Trini había deseado su muerte. Tantas veces como él y de tantas maneras como él. Este descubrimiento le provocó una sensación de bienestar.

—Esa mujer siempre será un cabo suelto —insistió el Letrado—. Si no es tu novia, lo mejor es liquidarla, como al caballo que se rompe una pata.

—Tampoco he dicho que no sea mi novia.

—No hay quien se aclare contigo, hijo. ¿No quieres deshacerte de ella?

—Claro que sí. Me encargaré.

—Tienes una hora para acabar con el Tuercas. Enviaré a Almond a hacer un recado.

—Tendría que darme ahora mi parte. ¿Cómo sé que no se irá con el dinero?

—Sois tres jóvenes fuertes y armados. ¿Cómo sé yo que no os uniréis contra mí?

—¿Tenemos que confiar el uno en el otro? ¿Es eso?

—Bien visto, muchacho.

Salieron del vehículo y el Letrado le dio las llaves a Riquelme.

—Cierra y quédate con las llaves. No confías en mí y eso me ha ofendido. Yo sí confío en ti. Ya ves, somos diferentes. Te quiero como a un hijo y tú lo sabes.

—No, quédese con las llaves. Le pido perdón.

—Perdonado, pero te llevas las llaves. Cumple con tu deber.

Riquelme subió al piso y abrió la puerta empuñando el arma. Vio a Almond sentado en el sofá en calzoncillos. Estaba haciendo un crucigrama.

—¿Dónde está el Tuercas?

—No quieres saberlo. Hazme caso, Riquelme, tú no quieres saberlo.

—Dime dónde está.

263

—Pero si ya lo sabes, ¿verdad?

—¡Esas no son las instrucciones!

Almond se encogió de hombros. Riquelme le dijo que el Letrado le necesitaba con urgencia en el Vicencio.

Antes de que se fuera le preguntó por Trini. No había vuelto a aparecer, dijo Almond.

Un problema menos, pensó Riquelme, aunque se corrigió de inmediato: sólo era un aplazamiento. Tendría que buscarla y matarla. Él tenía ambiciones, estaba dispuesto a todo.

Descalzo, sin hacer ruido, recorrió el pasillo hasta la puerta de la habitación de la prisionera. Abrió de golpe, apuntó y disparó. Fueron menos de tres segundos, pero luego no pudo dejar de ver aquella imagen durante mucho tiempo: los pies de Beatriz, tumbada boca arriba, desnuda, con los brazos casi en cruz y las piernas rectas y juntas. El Tuercas estaba de espaldas a la puerta, encima de ella, en cuclillas, es decir, en la postura de estar sentado, pero sin asiento o apoyándose en los propios talones. Tenía los pies cada uno a un costado de Beatriz y podía mirarla a la cara. Él también estaba desnudo. Riquelme reconoció de inmediato el desagradable olor.

Así que eso era lo que Trini se había negado a que le hiciera el Tuercas.

Al disparar, pensó que el Tuercas no era más que un enfermo. El primer tiro le dio debajo del omoplato derecho. La segunda bala le rozó el cuello. La tercera, que Riquelme disparó ya mucho más cerca de él, le atravesó el cráneo. Con el primer disparo se quedó sentado sobre el vientre de Beatriz. Recibió el segundo cuando intentaba alcanzar la pistola en la mesita de noche y volver la cabeza para ver a su atacante. El tercero le dio en la cara vuelta hacia Riquelme y le hizo caer hacia delante, derribado sobre la chica.

Ella ni siquiera pestañeó, no movió un músculo, no cambió de postura, no dejó escapar ni un grito ni un sollozo. Seguía mirando al techo con las pupilas muy dilatadas.

Riquelme estaba furioso.

—Te ha cagado encima. ¡Cómo puedes dejarte, pazguata!

Agarró el cadáver por un tobillo para pasarle la pierna al otro lado del cuerpo de la chica. Luego lo empujó hasta volcarlo en el suelo. Quedó casi boca abajo. Se le veía la cara. O ese agujero sanguinolento, con masa encefálica derramada, que ocupaba el lugar de su rostro. Riquelme comprobó que ya no tenía ojos. Entre la nariz y el nacimiento del cabello sólo había una cavidad rojiza. En aquel agujero había estado oculto aquel deseo inconcebible con el que el Tuercas debía de haber soñado desde que la vio hacerse pis y que había logrado hacer realidad. Riquelme sintió una arcada, pero consiguió reprimir el vómito.

Lo primero era conseguir que la chica se duchara. Tenía el cuerpo lleno de sangre, de mierda y también de semen, porque el Tuercas, al recibir el primer disparo, había eyaculado sobre el pecho de Beatriz.

Riquelme confiaba en que fuera una reacción refleja, automática: la posibilidad de que el Tuercas hubiera muerto feliz le revolvía las tripas.

Beatriz Pancorbo no le daba facilidades para llevarla a la ducha. Estaba rígida y, cuando consiguió levantarla, se dejó caer a plomo y Toni tuvo que sujetarla y arrastrarla por el pasillo mientras le iba diciendo con voz dulce: ya ha terminado, estás a salvo, esto ya ha terminado.

—Dame, dame, por favor, dame —respondió ella.

La fue dejando caer con suavidad hasta que quedó sentada sobre el parquet del pasillo.

—Te daré, te lo prometo, te daré lo que quieres. Pero antes tienes que hacer todo lo que yo te diga, ¿de acuerdo?

Dijo que sí con la cabeza y abrió las piernas, lo que logró enfurecer de nuevo a Riquelme.

—¡Quiero que te duches, imbécil! Mírate, pazguata, das asco. ¡Te acaban de cagar encima, ¿es que no te das cuenta?!

Ella agachó la cabeza, evitando su mirada, como un perro que sólo espera un golpe.

—Te prometo que, si te duchas, luego te daré lo que quieres.

Muy despacio, sin mirarle, se puso de pie y comenzó a andar hacia el baño, rozando la pared con una mano.

De ocho letras. En horizontal. Tiene una eñe de carroña. Acción de disputarse unos a otros una cosa lanzada para que sea cogida por quien pueda hacerlo.

Rebatiña. Era como si compitieran por alcanzar el amor o el rencor lanzado al aire por su hijo, como si lucharan por su dolor o por su felicidad.

Ahí estaba el chico. Se levantó de golpe, parecía asustado y su padre lo comprendió sin dificultad. A esa distancia, con la escasa luz del amanecer nublado, para Jorge no debían de ser más que dos siluetas oscuras y una de ellas con un cuchillo en la mano.

—Tranquilo, hijo, soy yo. Soy papá.

El chico miraba con gesto de incomprensión, de pie y sin moverse, hasta que su padre estuvo lo bastante cerca para ver que tenía la soga al cuello, con el extremo atado a una rama del roble que sobresalía por encima del talud.

—Jorge, no hagas nada, tranquilo, por favor —dijo su padre muy despacio.

—Quietos, no os acerquéis —contestó el chico, amenazador.

Carlos se detuvo. Apareció un rayo de sol entre dos nubes. Yolanda también estaba inmóvil y seguía con el cuchillo en la mano.

—Tienes que entrar en calor, hijo mío. Tomar algo caliente. Luego hablaremos.

—No hay nada que decir.

—Tienes que ponerte ropa seca.
—Tú no entiendes nada, ¿verdad, papá?
Lo dijo sin dramatismo, casi sorprendido de comprobar que la realidad confirmaba sus conjeturas más desesperadas.

¿No entendía nada? Era más que posible, pero qué iba a responder cuando su hijo estaba a punto de saltar al vacío con una cuerda al cuello. No era el momento de admitir que no entendía nada. Ni a su hijo ni a sí mismo. ¿Y qué? Nadie entendía a nadie. Ni falta que hacía. Además, ¿había algo que entender? ¿Por qué era tan difícil resignarse a que no había explicación? La realidad, pensó Carlos, era de piedra pómez, porosa y al mismo tiempo resistente. A menudo abrasiva. Se dejaba atravesar por la humedad del sentimiento, pero la inteligencia nunca podía penetrar en ella.

—No lo sé, hijo. No sé si te entiendo. Pero sé algo más importante: te quiero. Ven aquí y déjame que te abrace.

Por un momento Jorge pareció desarmado, como si sólo quisiera romper a llorar y poder descansar por fin. Sin embargo, se le ensombrecieron los ojos, le tembló la barbilla, contuvo el llanto y apretó las mandíbulas en un gesto de desprecio que alcanzó a su padre como un viento helado del que sólo se puede esconder la cara.

—No, gracias. No te molestes —dijo el chico con crueldad.

—Yo sí que te entiendo, cobarde —interrumpió Yolanda—. Eres un cobarde. ¿Qué pretendes? Echarme a mí la culpa, ¿verdad? A mí y a tu padre. Vengarte. Amargarnos la existencia. Pues venga, salta. A que no te atreves. Salta, nadie te lo impide. Pero no te va a servir de nada: no va a ser culpa mía. Ni yo misma me voy a echar la culpa. Anda, salta, vamos.

Carlos la miró con asombro. ¿Pretendía salvarle o empujarle a la aniquilación?

—De acuerdo, pero deja el cuchillo —le dijo a Yolanda.

Volvió la vista hacia su hijo y en su mirada sólo encontró miedo. No a Yolanda ni al cuchillo ni a volver a casa después de todo aquello. Tenía miedo de sí mismo, de su propia rabia, de su dolor encerrado, sin una ventana de emergencia por la que escapar de sí mismo y salir al exterior.

—Siéntate, hijo, siéntate un momento, quiero decirte algo —empezó Carlos.

Sentía necesidad de hablar. Su voz ahora eran sus brazos, lo único que sujetaba a Jorge en lo alto del talud y le impedía lanzarse. Recordó aquellas palabras que dijo en la ventana de la casa de Zurbano y el daño que habían causado: si ahora te soltara, dejarías de existir.

Lo único que había querido decir era cuánto quería a su hijo y hasta qué punto se daba cuenta de que ser padre era una responsabilidad monstruosa, ajena a cualquier otra responsabilidad humana, porque confería un poder capaz de destruir también a quien lo ejerce.

Ahora no podía dejar de hablar, de intentar apretar con palabras a su hijo contra su pecho.

—Cuando tú naciste —decía—, no me cansaba de mirar tus manos. Escuchaba el latido de tu corazón, tan veloz como el de un pájaro. Cuando tú dormías, imaginaba tus sueños. Tu madre decía que soñabas que te daba de mamar y que por eso sonreías. Nunca me lo creí, imaginaba que tú soñabas con ríos, con agua en movimiento.

Tu abuelo Constantino, el padre de tu madre, decía que los niños siempre sueñan que vuelven. Que tienen recuerdos de ese lugar sin luz, con rumor de oleaje, de ese universo cerrado que se mantiene a temperatura constante, hasta el que llegan amortiguadas las voces de la vida, el sonido y la furia de este otro mundo en el que estamos solos, estamos fuera, separados de otro cuerpo que fue el nuestro, que fuimos nosotros. Nunca supe si tú sentías mi mano cuando acariciaba el vientre de tu madre. Nunca lo supe.

—Tú nunca sabes nada —interrumpió Yolanda—. No le rías más la gracia, Charly. ¿Es que no te das cuenta de que sólo quiere que te sientas culpable? Se siente tan poderoso haciéndote sufrir...

Carlos la miró con desesperación. No podía dejar de hablarle a su hijo, sería como apartar los brazos y soltarle desde un quinto piso.

—¿Te acuerdas de cuál era tu muñeco favorito? Dime, Jorge, ¿te acuerdas?

De pie ante el talud, Jorge no contestó. Parecía incapaz de llorar, sólo miraba a su padre con tristeza.

—Ya está bien de teatro —dijo Yolanda—. Yo me marcho. Por mí, como si os tiráis los dos por el barranco. Carlitos y yo tenemos cosas que hacer.

Le dio el cuchillo a Carlos y comenzó a andar a buen paso hacia el refugio.

—Seguro que te acuerdas, hijo. Era un conejo. Un conejito de peluche. Tú le llamabas Lilo, ¿ahora te acuerdas?

No decía nada, pero tenía estremecimientos, como si tiritara de frío.

El padre le contó que nunca se separaba del muñeco y que él tenía miedo, porque sabía que algún día ese muñeco acabaría perdiéndose y entonces ¿qué iba a pasar? Le compraba conejitos parecidos, pero su hijo sólo quería a Lilo, con su oreja rota y una de las patas despeluchada. Ni siquiera consentía que lo lavaran.

A lo lejos oyeron el motor del Land Rover. Lo primero que pensó Carlos fue que Yolanda se habría llevado el whisky, las dos botellas que quedaban: no le habría dejado ni una gota, la hija de puta.

Ahora estaban solos, el padre y el hijo, a través de la noche y el viento, y Carlos tenía que seguir hablando, como un río que nunca acaba de pasar.

—Un día se perdió Lilo y sucedió algo increíble, hijo. No dijiste una sola palabra. Ni siquiera preguntaste por él. Yo no entendía nada. Ni siquiera lo buscaste.

Tras un escalofrío el chico respondió por fin:

—Porque ya sé dónde está. Voy a ir a buscarlo.

Todo sucedía tan despacio como agua embalsada, todo cabía aún en ese inmenso charco de tiempo, todo era posible hasta que reventó el dique y entonces, a gran velocidad, ya sólo sucedió una cosa, y sucedió para siempre, no hubo sitio para nada más, nunca más.

Sin dejar de mirar a su padre, el hijo se acercó al borde del talud.

A Carmen la audacia narrativa de Carlos le parecía infantil, propia de un muchacho que pretende impresionar a la pandilla con palabrotas. Ella estaba con la chica que recorría sonámbula el pasillo, desnuda, indiferente a todo salvo a una sola cosa: dame, dame, dame. ¿No era una forma salvaje de libertad? Se había desprendido del pudor, del orgullo, de la culpa, del deseo, de la esperanza, sin ataduras ni responsabilidades, sólo sujeta por el nudo ciego de esa necesidad constante, una ligadura cada vez más apretada y que sólo podía desatar la muerte.

Cristina le había dejado el libro de James Hadley Chase, pero al volver a casa había metido la carne y la cerveza en la nevera, había colocado los claveles en un jarrón sobre la mesa y se había puesto a leer otra vez el manuscrito.

No podía evitarlo. Al menos el Tuercas ya no iba a hacer más daño, se había quedado a los pies de la cama, sin cara y sin vida.

Pensó también en el padre de familia, Benito Pancorbo, solo y desnudo en aquella sauna, esperando a que le trajeran las llaves de la taquilla para recoger su ropa y reunirse con su hija. Aún podían volver a casa juntos. Todavía había tiempo. Estaba viva.

Lo que más asustaba a Carmen era darse cuenta de

que en este momento todo dependía de la voluntad del autor. La piedra estaba en equilibrio y aún podía rodar hacia un lado o hacia el otro. En cuanto empezara a caer, se produciría una avalancha imparable, pero el autor todavía conservaba el poder: sólo él decidía hacia qué lado lanzaba la piedra.

Nada impedía que se llevaran el dinero y el padre y la hija volvieran a casa. Pero también era posible que algo saliera mal y nunca volvieran a verse. En ese momento la historia aún podía desembocar en uno u otro final, todo estaba en sus manos.

El autor condena o absuelve. El problema es que el autor era el padre de su hijo, el hombre con el que había compartido cama durante años. Ahora empezaba a entender Carmen su empecinamiento por escribir una novela. Era la única forma de poder que tenía a su alcance, el desahogo para su rabia. Carlos iba llevando poco a poco al lector a ese momento que era su momento de gloria y venganza. Que el lector creyera que el argumento se iba desenvolviendo de acuerdo con las premisas de la narración, casi por su cuenta, una vez puesto en marcha, hasta que llegaba a ese lugar en el que podía oírse la voz del autor diciendo: aquí mando yo, lector.

¿Qué lector? Una sola lectora: ella. Era ella ante quien quería exhibir su poder. ¿No era eso mismo lo que estaba haciendo ahora en la sierra? Por eso no cogía el teléfono. Ni permitía tampoco que Jorge respondiera a las llamadas.

Pero no había motivo para intranquilizarse, no había sucedido nada, se lo repetía una y otra vez, no pasa nada. Lo único que había en esas montañas azules era un hombre débil, tan desesperado que sólo podía apagar el móvil para imponerse. Eso era todo. Carlos estaría feliz imaginando su inquietud y diciéndose: esto lo he causado yo, soy capaz de ocupar tu imaginación, de forzar tu voluntad para que pases tres días seguidos preocupada y pendiente de mí.

En ese caso, ella estaba haciendo lo correcto: no someterse. Era la única defensa a su alcance: no consentir que le diera miedo. Resistir. Ya llamarían. O no. Qué más daba. En menos de seis horas su hijo estaría en casa y ella se prometió que no pediría ninguna explicación. Como si no hubiera pasado nada. No iba a regalarle a Carlos la satisfacción de saber que había estado nerviosa. Ni mucho menos. Abrazaría a su hijo y se despediría de Carlos como si tal cosa. Y no le dejaría entrar en casa. Inventaría cualquier excusa: te invitaría a un café, pero es que hoy tengo mucho lío.

Más tarde, cuando a ella le diera la gana, se vengaría. Le diría que su novela no estaba mal. Para ser una primera novela, por supuesto. Todavía necesita mucho trabajo, tienes que darle unas cuantas vueltas. Tal y como está no es más que un borrador, las cosas como son.

Era casi la una y no sabía si comería o no después de aquel desayuno con Cristina. Quizá lo mejor fuera merendar con su hijo más tarde. Llegaría muerto de hambre, seguro. Mientras tanto, podía leer un poco más y terminar de una vez aquel manuscrito que a Carlos, aunque no había empezado mal del todo, se le había ido por completo de las manos.

El móvil la sobresaltó. Era Cristina y seguía preocupada.

—¿Quieres que nos acerquemos a ese refugio de montaña? Es domingo, estoy libre, te acompaño.

—Ni hablar, eso es lo que él quiere. Que me ponga nerviosa.

Cristina estuvo de acuerdo, pero le pidió que la avisara cuando hubieran regresado los excursionistas.

La luz del mediodía levantaba el polvo de los libros del salón y lo mantenía suspendido en un resplandor trémulo, como agitado por el aleteo de un pájaro que acabara de perderse de vista.

Se puso una cerveza y se sentó a la mesa del comedor. No había nada que temer.

Siempre que no estuviera con ellos esa mujer, Yolanda. Eso fue lo que pensó en cuanto dio el primer sorbo de cerveza y se puso las gafas.

Consiguió llegar a la ducha y abrir el grifo. Desagüe abajo se iban los restos del Tuercas arrancados con esponja de una piel que todavía conservaba las marcas del biquini. Riquelme no le quitaba ojo. El vello púbico había empezado a crecer, era negro y obstinado como un remordimiento y, al mojarlo, pulimentado por la ducha, adquirió el brillo del azabache. Parecía el musgo de una lápida sobre la que hubiera llovido toda la noche, un lugar en el que descansar para siempre.

Si no se fijaba en los hematomas cárdenos de los brazos y los tobillos, Riquelme veía en aquella piel el resplandor del verano al borde del mar, de las conversaciones en voz baja, de las habitaciones espaciosas y los muebles de familia. Tiene clase, pensaba; aunque luego se corregía: lo que tiene es pasta.

Ahora él también tenía dinero. Cien mil pavos iba a tener. Sí, pero ¿por qué no era lo mismo? Eso era lo que les pasaba a los huérfanos: quien no ha sentido el amor de una madre o de un padre en su infancia, ya no puede sentirse amado, por mucho que de mayor le quieran. Demasiado tarde. No será capaz de creer en el amor de los otros, de darse cuenta de que es real: siempre tendrá frío.

El dinero era igual: sólo abriga si se ha tenido de

niño, sin saberlo. Luego ya no servía de nada. Se podían comprar cosas, pero uno nunca iba a sentirse protegido.

Aquella piel, incluso tras tanto sufrimiento, tras las penalidades y los ultrajes del Tuercas, tenía suficiente con agua y jabón para recuperar la suavidad de una niñez entre algodones. A Riquelme le invadían el deseo y la rabia, pero no sabía de cuál se avergonzaba más.

Cuánto daño le hacía su belleza, se sentía agredido, porque no le bastaba, como al Tuercas, con disfrutarla o destruirla: Riquelme quería que le quisieran. Le dolía contemplar su cuerpo, su desmañado esfuerzo por secarse lo más deprisa posible para poder repetir: dame, por favor, dame.

Era desquiciante. ¿Qué iba a hacer? Podía abofetearla, pero a ella no le importaría lo más mínimo. Era como pegar a una parte de sí mismo: el golpe que le diera sólo le dolería a él.

—Vístete y te daré lo que quieres.

Las huellas de sus pies mojados se alejaban por el pasillo hacia la habitación. Riquelme abrió el armario del baño. Allí estaban las jeringuillas desechables, pero ¿qué sería lo que tenía que inyectarle? No sabía lo que estaba buscando, sólo tenía la vaga idea de que tendría que estar envuelto en papel de plata.

Tampoco había puesto en su vida una inyección.

Cuando se asomó a la habitación ella ya se había vestido, indiferente al cadáver sin cara, pisando sangre con los pies descalzos.

—Aquí no —dijo Riquelme—. Ven conmigo.

Fueron al salón y le ordenó que se tumbara en el sofá. Desde que había visto la jeringuilla en la mano de Riquelme, Beatriz había recuperado la calma. Riquelme se apretó con fuerza el pulgar entre el índice y el dedo corazón. Allí estaba, tumbada con la cara vuelta hacia el respaldo, impaciente. A Riquelme le pareció que sus pies habían aumentado de tamaño, como los de los muertos en las cunetas. Al verla ahora, recién duchada, con su vestido de geranios o de violetas, por primera vez notó cuánto había adelgazado.

Oyeron la llave girando en la cerradura. ¿Había pasado ya una hora? En cuanto Almond viera a la prisionera en el salón sospecharía algo. Dejó la jeringuilla en la mesa. El susurro de Beatriz, dame, dame, no cesaba, como si alguien se hubiera dejado un grifo abierto. Riquelme se situó a la derecha de la puerta, que se abría hacia el otro lado.

—No es nada personal —dijo Toni en voz alta—. Eras un buen amigo, pero esto es sólo trabajo.

—No vas a disparar, Riquelme, tú lo sabes.

Tenía razón, él también lo sabía: no era capaz de hacerlo. Se sentía estafado, pero no sólo por el Letrado: era la vida misma, toda su vida, la que le daba siempre menos de lo debido o le cobraba más de lo justo.

—Sal corriendo, Almond, esto se ha terminado. Piérdete de vista una buena temporada.

Almond miraba, detrás de Riquelme, a la mujer tumbada en el sofá. Beatriz ni siquiera había vuelto la cabeza. Dame, dame, por favor, seguía diciendo, con los ojos clavados en el cielo raso.

—Ten cuidado, Riquelme, no acabes siendo tú el secuestrado —le advirtió Almond antes de irse.

Le levantó las faldas y buscó una vena en el muslo. No llevaba bragas. Encontró el sitio, pinchó y apretó el émbolo.

Había encontrado en un armario un paquete envuelto en papel de plata, cortó un trozo de unos dos centímetros cuadrados, lo machacó para reducirlo a polvo, lo mezcló con agua y con eso había rellenado la jeringuilla.

Al principio no sucedió nada. Beatriz había cerrado los ojos y movía los labios en silencio.

De pronto se estremeció, todos sus músculos se tensaron, volvió la cara y miró a Riquelme con ojos agrandados y vidriosos que se iban empañando como un espejo. Se llevó una mano a la garganta. Las piernas se le pusieron rígidas, los dedos de la mano se cerraron sobre su propio cuello, como si se estuviera ahogando.

De rodillas a los pies del sofá, Riquelme le apartó la mano del cuello y la cogió entre las suyas. Estaba dura, agarrotada, pero aún tibia. Esto no es nada, reacciona, esto no es nada, le decía. Ella intentaba cerrar los ojos, pero no conseguía ni pestañear. Las pupilas se habían vuelto iridiscentes, parecidas a esos charcos que hay bajo un coche aparcado. Riquelme se dio cuenta de que no veía nada, como si mirara al vacío. El ojo izquierdo se desvió hacia fuera. Ahora ya tenía las pupilas atravesadas por un resplandor amarillento que era como la raya de luz bajo una puerta cerrada. No me hagas esto, suplicó Riquelme: ya ha terminado todo. Ahora vas a volver a tu casa, esto ya se acabó.

Sin darse cuenta, estaba gritando. La chica no debía de tener más saliva, porque los labios se habían secado y estaban hinchándose. No me hagas esto, hija de puta, repetía Riquelme. Le dio una bofetada. Ahora no, ahora ya ha terminado, gritaba.

Riquelme acabó por aceptar que estaba muerta. Qué hija de puta.

Se acercó a la ventana como si ya supiera lo que iba a ver. El coche del Letrado había desaparecido. Todos los coches tienen un segundo juego de llaves y él era un idiota.

Ahí acababa todo: de vuelta al barrio. Con dos cadáveres y sin un céntimo.

Volvió al sofá, le levantó las faldas a Beatriz y se tumbó encima de ella, inmóvil, sin saber qué hacer. No se le puso dura.

Sobre la mujer muerta oyó la sirena de policía y al mismo tiempo la llave en la puerta.

—¡Nos la han jugado, imbécil! —gritó Trini—. El Letrado avisó a la policía.

—¿Qué haces tú aquí?

—Pues que tú eres gilipollas, por eso he venido. Vamos corriendo. ¿Está muerta?

—Sobredosis —explicó él.

—¿Te la has tirado?

—Por supuesto.

—Bien hecho, Riquelme, así me gusta: como un hombre.

Trini se acercó a él y le besó en los labios. Luego le pasó la yema del dedo por la cicatriz y sonrió.

Salieron corriendo escaleras abajo, con la sirena de la policía cada vez más cerca.

—¿Adónde vamos?

—Da igual, Riquelme, corazón: fuera de aquí, lejos de este barrio, juntos.

Sobre la mesa quedó el crucigrama que había estado haciendo Almond.

Sólo faltaba una palabra en vertical para completarlo, pero ya salía sola, era imposible no adivinar las dos letras que en las horizontales venían definidas, una como «la flaca» y la otra como «preposición».

Vertical. Empieza por efe. Acaba en ele. Tiene una ene en medio. Punto de una cosa o de una acción tras del cual ya no se hace más de esa cosa o esa acción.

Final, era el final de todo. Así terminaba, Carlos lo supo de inmediato. Si conseguía salvar a Jorge, él perdería pie.

Sucedió muy deprisa, el chico se lanzó hacia el talud y al mismo tiempo su padre se lanzó hacia él con el cuchillo en alto. Quería cortar la cuerda, pero no lo consiguió. Hizo impacto contra el cuerpo de su hijo, que cayó al suelo, sobre la piedra. El golpe contra el cuerpo de su hijo le hizo perder a Carlos el equilibrio y caer por el barranco.

Jorge oyó un estrépito de ramas rotas, pero su padre no gritó. Luego un silencio que adquirió un tamaño insoportable. Recogió el cuchillo que su padre había dejado caer en el suelo y cortó la soga. Se asomó al talud. Había que tener cuidado, el suelo era de arenisca y, al pisar una piedra, esta se desprendió y cayó rodando. Pensó que su padre, al lanzarse hacia él, ya sabía que acabaría cayendo al vacío.

Estaba al fondo, medio enterrado en el barro y la maleza. Boca arriba. No se movía. ¡Papá!, gritó varias veces.

No podía descender aquellos seis o siete metros por la pared vertical, así que comenzó a correr cuesta abajo, siempre al borde del talud, en busca de un lugar desde el que acceder al fondo del barranco para llegar hasta su padre. La tierra, encharcada, era poco firme y en dos ocasiones resbaló y tuvo que agarrarse al tronco de un árbol.

Cuando el talud tenía sólo un par de metros pudo alcanzar el fondo y echó a correr cuesta arriba, de vuelta al lugar en el que había caído el cuerpo.

Se quedó al lado, mirando a su padre muerto y sin atreverse a tocarle. Pensaba que debería abrazarle, darle un beso, poner la mano en aquel cuerpo, pero se sentía incapaz de hacerlo. Le quería, ahora más que nunca, y sabía cuánto iba a lamentar no haberse atrevido a tocarle, aunque quisiera hacerlo. Siempre tenía él que estropearlo todo.

Así era el final, Jorge lo reconoció en cuanto lo vio. Todo había terminado.

Su padre tenía los ojos abiertos, inmóviles, dirigidos a una nube rojiza que descendía hacia la falda de La Mujer Muerta. Su cadáver, cubierto de hojas mojadas, parecía una montaña.

Oyó el ruido de los motores. Poco después reconoció el Land Rover de Yolanda seguido de un vehículo de la guardia civil.

Habían llevado el cuerpo al Instituto Anatómico Forense, donde esperaban a Carmen Maldonado para que recogiera a su hijo y le acompañara a identificar a Carlos, que hasta entonces seguiría siendo el «Desconocido n.º 3».

Recibió la llamada de la policía poco después de las dos, cuando había llegado casi al final del manuscrito. «Esto ha terminado», leyó, aunque comprobó que aún quedaban un par de páginas. Pensó que podía prescindir de ellas, serían relleno: la llegada de la policía, el recuento de cadáveres, una descripción emotiva de aquel barrio del que, después de todo, Antonio Riquelme todavía no había conseguido salir.

Iba a ponerse otra cerveza, quizá con aceitunas, cuando sonó el teléfono fijo. Dejó el manuscrito abierto sobre la mesa del comedor y se levantó para atender la llamada.

Tras colgar se quedó de pie, mirando por la ventana, la misma ventana donde había empezado todo cuando Carlos se acercó con su hijo en brazos y habló de dejarlo caer.

Se sintió vacía. Como si le hubieran extraído los órganos, la sangre y todos los sentimientos.

Llamó a Cristina, necesitaba que alguien la acompañara, no sabía cómo iba a reaccionar al ver a Carlos sin vida y al volver a encontrarse con Jorge.

Tuvieron que esperar en la planta baja, en un banco de madera, junto a un hombre que llevaba un chándal viejo, que parecía prestado, y unas zapatillas de felpa. Tenía una cicatriz muy reciente en la mejilla y había venido a identificar el cadáver de su hija. Esa mañana habían ingresado tres cuerpos, etiquetados como desconocidos por orden de llegada.

Cuando todo hubo terminado, Cristina acompañó a Carmen y a su hijo a su casa.

Jorge se sentó en el sofá sin decir palabra.

Al ver su propia casa y el manuscrito abierto sobre la mesa del comedor, Carmen se entristeció. En la nevera la carne picada parecía tan fuera de lugar como los claveles en el jarrón. Se acercó a la mesa y cerró el manuscrito, que había quedado abierto por la última página que había leído. Se acarició con la mano el moratón en el codo, que ya se le estaba poniendo amarillo.

Cristina le ofreció que ella y el chico pasaran esa noche en su casa y se ofreció también a quedarse con ellos en la calle Zurbano.

—Prefiero estar sola con mi hijo. De verdad. Lo necesito.

Cristina vio a Carmen avanzar muy despacio hasta la ventana que daba a Zurbano.

Era una tarde tranquila y triste, impregnada de perfume, y Carmen se quedó contemplando unas nubes rojizas que se acercaban desde el norte empujadas por un viento suave.

—¿Necesitas algo? —preguntó Cristina.

No hubo respuesta.

Cristina observó que Carmen se dedicaba a deshojar las flores con dedos que temblaban de fiebre o de miedo. Los pétalos caían uno a uno en la alfombra, a sus pies.

Volvió a preguntarle si prefería que se quedara y ella le pidió que la dejara sola con su hijo. Salió de la casa y cerró la puerta. Llamó al ascensor, pero luego volvió a acercarse a la puerta. Oyó que al otro lado Carmen echaba la llave por dentro.

Llamó al timbre, pero no obtuvo respuesta. Se sintió encerrada fuera y bajó corriendo por las escaleras, sin esperar al ascensor.

Desde la calle, miró hacia arriba. La ventana del quinto estaba abierta. Vio una silueta en sombra que la cerró de golpe, pero no pudo identificar si era la madre o el hijo.

Últimos títulos

753. La muerte de Montaigne
     Jorge Edwards

754. Los cuentos
     Ramiro Pinilla

755. Mae West y yo
     Eduardo Mendicutti

756. Voces que susurran
     John Connolly

757. Las viudas de Eastwick
     John Updike

758. Vive como puedas
     Joaquín Berges

759. El vigilante del fiordo
     Fernando Aramburu

760. La casa de cristal
     Simon Mawer

761. La casa de Matriona seguido de
     Incidente en la estación de Kochetovka
     Alexandr Solzhenitsyn

762. Recuerdos de un callejón sin salida
     Banana Yoshimoto

763. Muerte del inquisidor
    Leonardo Sciascia

764. Daisy Sisters
    Henning Mankell

765. La prueba del ácido
    Élmer Mendoza

766. Conversación
    Gonzalo Hidalgo Bayal

767. Ventajas de viajar en tren
    Antonio Orejudo

768. El cartógrafo de Lisboa
    Erik Orsenna

769. Más allá del espejo
    John Connolly

770. Sueño con mujeres que ni fu ni fa
    Samuel Beckett

771. Paseos con mi madre
    Javier Pérez Andújar

772. La carroza de Bolívar
    Evelio Rosero

773. Muerte de una heroína roja
    Qiu Xiaolong

774. Un ángel impuro
    Henning Mankell

775. Años lentos
    Fernando Aramburu
    VII Premio TQE de Novela

776. Las golondrinas de Montecassino
Helena Janeczek

777. La guarida
Norman Manea

778. Un libro de Bech
John Updike

779. La monja y el capitán
Simonetta Agnello Hornby

780. Aquella edad inolvidable
Ramiro Pinilla

781. La broma
Milan Kundera

782. Baile con serpientes
Horacio Castellanos Moya

783. Lobisón
Ginés Sánchez

784. Pérdida
Gudbergur Bergsson

785. Visado para Shanghai
Qiu Xiaolong

786. Baila, baila, baila
Haruki Murakami

787. Cuervos
John Connolly

788. Lo que no está escrito
Rafael Reig